उत्तराधिकारिणी

उत्तराधिकारिणी

मनोहर श्याम जोशी

वाणी प्रकाशन

वाणी प्रकाशन

4695, 21-ए, दरियागंज, नयी दिल्ली 110 002

शाखा

अशोक राजपथ, पटना 800 004

फ़ोन : +91 11 23273167 फ़ैक्स : +91 11 23275710

www.vaniprakashan.in
vaniprakashan@gmail.com

UTTARADHIKARINI
by Manohar Shyam Joshi

ISBN : 978-93-5229-045-1
Novel

प्रथम संस्करण
मूल्य : ₹ 200

हर्ष प्रिंटर्स, दिल्ली-110 093 में मुद्रित

वाणी प्रकाशन का लोगो मक़बूल फ़िदा हुसेन की कूची से

भूमिका

कई अर्थों में 'उत्तराधिकारिणी' जोशी जी का पहला सम्पूर्ण उपन्यास है। 1970 के दशक के आरम्भिक वर्षों में अपने तीन अधूरे उपन्यासों से ध्यान हटाकर उन्होंने इसे लिखा था और तब 'साप्ताहिक हिन्दुस्तान' में इसका प्रकाशन भी हुआ था। जोशी जी ने स्वयं इस उपन्यास के बारे में लिखा है कि यह हेनरी जेम्स के 1880 में लिखित उपन्यास 'वाशिंगटन स्क्वायर' की कथा के आधार पर पुनर्रचित उपन्यास है। अनुवाद नहीं है पुनर्रचना है।

यह ध्यान देने वाली बात है। इस तरफ किसी का ध्यान गया कि नहीं, पता नहीं कि अपने लेखन में निरन्तर प्रयोगधर्मी रहे जोशी जी ने पुनर्रचना के रूप में एक नयी विधा का हिन्दी में सूत्रपात किया था। उस अर्थ में 'उत्तराधिकारिणी' का अपना खास महत्त्व है। जो बात इसमें विशेष रूप से ध्यान रखने वाली है वह यह है कि बावजूद इसके कि इसे पुनर्रचना कहा गया है यह पूर्ण रूप से मौलिक उपन्यास है। 'वाशिंगटन स्क्वायर' की पुनर्रचना कहकर जोशी जी ने 19वीं शताब्दी के महान लेखक हेनरी जेम्स के प्रति अपनी श्रद्धा निवेदित की है।

एक महत्त्वाकांक्षी और बेहद सफल डॉक्टर और लगभग हृदयहीन पिता बलदेव राज, जिनके डॉक्टरी नुस्खे को अचूक माना जाता है और अपने पेशे के कारण जिनका यश दूर-दूर तक फैला हुआ है, और उसकी सामान्य बुद्धि पुत्री कामिनी के सम्बन्धों की इस कहानी में पिता-पुत्री के प्यार-लगाव की उत्कटता भी है और पारिवारिक छल-कपट के दाँवपेंच भी। डॉक्टर साहब चाहते थे कि उनकी बेटी, जो उनकी एकमात्र उत्तराधिकारिणी है, उनकी ही तरह अंग्रेजी तौर-तरीकों में ढले लेकिन वह साधारण देशी तौर-तरीकों की थी। पिता, जिनकी बुद्धि का लोहा सभी मानते थे, वहीं अपनी बेटी को देखकर उनको इस बात की बड़ी निराशा होती थी कि उनकी बेटी इस कदर मन्द बुद्धि कैसे हो गयी।

बचपन में उसकी माँ का देहान्त हो गया था और उसकी निशानी अपनी बेटी का नामकरण डॉक्टर साहब ने उसी के नाम पर कामिनी रखा था। अपनी व्यस्तताओं के कारण वे उसकी पढ़ाई-लिखाई के ऊपर ठीक से ध्यान नहीं दे पाये। जिसका नतीजा यह हुआ कि वह अपना ध्यान रखने वाली शन्नो की तरह कस्बाई चाल-ढाल वाली बन गयी।

डॉक्टर बलदेव राज की सबसे बड़ी चिन्ता यह थी कि किस तरह से अपनी उत्तराधिकारिणी के लिए सुयोग्य वर खोजा जाये जो उनकी सम्पत्ति का उचित रखवाला बन पाये। उधर हर बात में अपने पिता के सामने सिर्फ हाँ या न या अक्सर दोनों बोलने वाली कामिनी जीवन में पहली बार एक बात अपने पिता से पूछे बगैर एक काम करती है—प्रेम। जिसके बाद उसका जीवन बदलता चला जाता है। माँ को छुटपन में खो देने के बाद, अति व्यस्त पिता से बहुत कम मिल पाने के कारण उसके जीवन में सब कुछ था, बस एक प्यार नहीं था। मनमथ से उसे वह मिलने लगता है। उसके पिता को यह लगता है कि हो न हो यह आदमी उनकी सम्पत्ति के लालच में उसकी भोली बेटी को अपने जाल में उलझा रहा है। वह उसकी शादी के लिए योग्य वर की तलाश में लगा रहता है। डॉक्टर साहब की मौत हो जाती है उपन्यास की कथा उलझती चली जाती है—प्रेम, विवाह, कर्तव्य। धीरे-धीरे जिसके कई सूत्र बनते-जुड़ते चले जाते हैं। कुछ छूट भी जाते हैं।

जोशी जी का यह उपन्यास उनके समस्त लेखन में एक भिन्न स्थान रखता है। इसमें उनकी वह शैली नहीं है जिसकी वजह से उनको हिन्दी में उत्तर-आधुनिक उपन्यास के जनक के रूप में देखा गया—अनेकान्तता या किस्सों के भीतर से निकलते हुए किस्से, भाषा का जबरदस्त खेल। लेकिन एक बात है इस उपन्यास में रोचकता भरपूर है। भाषा का वह बाँकपन भी है जो बाद में उनकी सिग्नेचर शैली मानी गयी।

लगभग 40 साल के बाद इसे उपन्यास के रूप में पुनः प्रकाशित होते हुए देखना सुखद लग रहा है। आज भी पारिवारिकता, सम्बन्धों को लेकर एक प्रासंगिक उपन्यास है जिसके केन्द्र में पिता-पुत्री के रिश्तों की उत्कटता, आकांक्षाएँ, आशाएँ, निराशाएँ हैं जो अन्त तक पाठकों को रहस्य के धागे से बाँधे रखता है।

—भगवती जोशी

उत्तराधिकारिणी

शहर के सबसे मशहूर और महँगे डॉक्टर हैं बी.डी. राज एम.डी.एफ., आर.सी.पी। चोखे काम का चोखा दाम लेने में उन्हें कभी कोई संकोच नहीं होता। फीस या तो पूरी गिनवा दीजिए या फिर कुछ भी न दीजिए और जिन्दगी भर शुक्रगुजार रहिए कि इतने बड़े डॉक्टर ने इतना बढ़िया इलाज मुफ्त में कर दिया। लल्लो-चप्पो, दया-वया की बातें डॉक्टर साहब को पसन्द नहीं हैं। मरीज से अच्छी तरह पेश आते हैं मगर मरीज के घर वालों की भी दिलजोई करते रहना उनके फर्ज में शुमार नहीं है। जो जरूरी समझा सो पूछा, जितना जरूरी हुआ उतना बताया, नुस्खा थमाया, फीस थामी और चल दिए। उन डॉक्टरों में से भी नहीं जो कुछ बताते ही नहीं हैं, उनमें से भी नहीं जो जिज्ञासु तीमारदारों को सारा ब्योरा बतलाये चले जाते हैं। अगर कोई तीमारदार नीमहकीमी नुक्ते उठाने लगता है तो डॉक्टर साहब अपनी फ्रेंचकट दाढ़ी खुजलाते हुए और अपनी वह खास रूखी मुस्कान अपने मोटे खुरदरे ओठों पर नुमाया करते हुए कहते हैं, "डॉक्टरी की नौ-दस साल की पढ़ाई और पच्चीस साल की तजरबाकारी पूरी कर आइएगा तब आपसे इन मुद्दों पर बातचीत करने का जोखम उठाया जा सकेगा।"

डॉक्टर राज को डॉक्टर राज में पूरी आस्था है। आज तक किसी भी मामले में उन्होंने दूसरे डॉक्टर को मशविरे के लिए नहीं बुलाया है। पहली बार अच्छी तरह जाँच कर चुकने के बाद दिये गये निदान को बाद में बदलने की जरूरत भी उनके सामने कभी पेश नहीं आयी। इतने दिन, ऐसा-ऐसा इलाज करने से रोगी की दशा में इतना-इतना सुधार हो जाएगा—जाँच-पड़ताल के बाद एक ब्रह्मवाक्य-सा कह देते हैं जो सौ पैसे सही साबित होता है। इसीलिए डॉक्टर राज महँगे और मुँहफट होने के बावजूद बेहद लोकप्रिय हैं। लोगबाग कहते हैं कि उनके हाथ में जस है, उन्हें कोई सिद्धि है, उन पर भगवान की कोई खास मेहरबानी है...बल्कि कुछ तो यहाँ तक कहते हैं और मानते हैं कि डॉक्टर राज, खुद भगवान हैं। रूखे मिजाज और अंग्रेज तबीयत

वाले डॉक्टर साहब को इस तरह की भावुक और अवैज्ञानिक बातों से सख्त नफरत है। जस-करिश्मा जो भी है सो चिकित्सा-विज्ञान का है और इस विज्ञान पर मेधावी बलदेव राज का अन्यतम अधिकार है। व्यक्तित्व और डॉ. बलदेव राज को विधाता ने कभी गढ़ा जरूर होगा लेकिन सँवारने-तराशने का सारा काम बलदेव राज ने खुद अंजाम दिया है। यह हैसियत, यह शख्सियत बलदेव राज की खुद की बनाई हुई है। तन, मन और दिमाग तीनों को एक विशिष्ट अनुशासन में ढालकर इस विशिष्ट व्यक्तित्व का निर्माण किया है। गरीब घर में जन्मा, घोरतम अभावों में पला बलदेव अपने ही बलबूते पर नगर का, बल्कि देश का, सबसे बड़ा डॉक्टर बन सका है जिसे सम्मानित करने के लिए सभी राजनीतिक पार्टियाँ, सरकारी और गैर सरकारी संस्थाएँ सदा लालायित रहती हैं और जो हर बार यह कह सकने की हिम्मत और हैसियत रखता है कि यह सब मेरे लिए फिजूल है। किसी से छिपा हुआ नहीं है कि डॉक्टर राज मन्त्रि पद तक ठुकरा चुके हैं।

बलदेव राज को डॉक्टर बी.डी. राज पर नाज है और डॉक्टर राज को बलदेव राज पर। अपनी सुबह सात बजे से रात दस-ग्यारह बजे तक चलने वाली प्रैक्टिस की व्यस्तताओं में से जब कभी थोड़ा समय निकालकर वह अपना प्रिय सिगार सुलगाकर सुस्ताने बैठते हैं तब उन्हें यह शख्स बलदेव राज भी प्रशंसा का पात्र मालूम पड़ता है। खुद्दारी खुदपरस्ती की सीमा को अब छूती तब छूती नजर आती है। कसरती कद्दावर काठी, कठोर लेकिन आकर्षक नाक-नक्श, शाही चाल-ढाल, कायदे की पोशाक, करीने से पहनी हुई, पारखी नजर, पैना दिमाग और दिल? दिल-विल कुछ नहीं होता! इंसान, इंसान का लिहाज कर सकता है लेकिन इंसान का इंसान के लिए कमजोर पड़ना, भावनाओं को विवेक पर हावी होने देना एक निहायत फिजूल-सी बात है। अगर इसके चलते लोगबाग बलदेव राज को पत्थर दिल समझें तो समझा करें। यह बेलौस आतंक किसी भी लिजलिजी श्रद्धा से कहीं अधिक स्वस्थ है।

इस समय यहाँ नगर के सबसे नये और सबसे फैशनेबल मोहल्ले में निर्मित डॉक्टर साहब की नयी कोठी के गृह-प्रवेश के समारोह में भी बलदेव राज आमन्त्रितों के चेहरों पर यही आतंक पढ़ रहे हैं। बुलाये जाने पर इन्हें खुशी हुई होगी लेकिन राहत यहाँ से खिसक जाने पर ही मिलेगी। कोठी के सामने के लान पर फव्वारे के पास पाइन-एपल

जूस का गिलास लिए खड़े हुए डॉक्टर बी.डी. राज की आँखें सहसा आमन्त्रितों की भीड़ से ऊपर उठीं और जंगल-जलेबी की बाड़ की फुनगी पर ठहर गयीं। वहाँ एक पिद्दी फुदक रही थी। लेकिन डॉक्टर साहब उसे देखते हुए भी शायद देख नहीं रहे थे। उन्हें सहसा अपनी पत्नी की याद हो आयी थी। उन्हें ताज्जुब हो रहा था कि अब तक वह उसे कैसे भुलाये बैठे थे। आखिर शहर के हो-हल्ले से दूर किसी उपनगर में कोठी बनवाने का आग्रह तो उसी का था। उसके और 'काव्यात्मक' आग्रहों की तरह यह भी डॉक्टर साहब की 'गद्यात्मक' दृष्टि में बेतुका ठहरा था और तुरन्त पूरा नहीं किया गया था। और उसकी असमय मृत्यु हो जाने के बाद तो टलता ही रहा था। अब बाईस साल बाद नगर की बढ़ती हुई आबादी और गिरती हुई तहजीब से परेशान होकर डॉक्टर राज ने खुद ही यह 'काव्यात्मक' हरकत कर डाली थी। क्या इसलिए कि वह अब अपनी गद्यात्मक तपस्या से थकने लगे थे? बुढ़ा चले थे? वानप्रस्थ की आकांक्षा मन के किसी कोने से जाग उठने को थी? डॉक्टर राज इस तरह के सवालों को हँसकर टाल देना जानते हैं। मगर कामिनी आज होती तो पूछती ही चली जाती—"मैं तुम्हारी सब पोल-पट्टी खोलकर रहूँगी। अपनी भावुकता को तर्कसंगत बनाकर पेश करने का नाटक तुम्हें खूब आता है।" यह उसका चहीता नारा था।

●●

बलदेव राज के मन में रईसजादी कामिनी कुशवाहा के लिए क्या भावना थी इसका भेद, डॉक्टर राज को कभी मिल नहीं सका। वह यह भी नहीं समझ पाये कि सुन्दरी कामिनी कुशवाहा ने सुयोग्य वरों के ढेर में से उस प्रतिभाशाली मगर फिलहाल साधारण-सी हैसियत वाले डॉक्टर को क्यों चुना, जबकि वह उम्र में उससे काफी बड़ा था और स्वभाव से सर्वथा विपरीत? यहाँ-वहाँ क्लबों, पार्टियों में उससे दो-चार बार दुआ सलाम और मौसमी बातें भर हुई थीं। फिर उस दिन गोल्फ कोर्स में कामिनी ने हथेली में खराश आने पर अपने साथी-खिलाड़ी डॉक्टर राज को दिखाया। डॉक्टर राज खराश को नगण्य ठहराने के बाद भी देखते रहे। कामिनी ने नटखट स्वर में पूछा, "क्या देख रहे

हैं?" और एक अप्रत्याशित जवाब पाया, "देख रहा हूँ कि आप एनेमिक है।" कामिनी की आँखें चमक उठीं—"इलाज कीजिएगा?" और जवाब में गद्यात्मक डॉक्टर राज ने जेब से अपना बिजनेस कार्ड निकालकर कामिनी कुशवाहा को थमा दिया, यह हिदायत भी दी कि आने से पहले सेक्रेटरी से अपाइंटमेंट ले लें।

अपाइंटमेंट कामिनी ने नहीं, उसके पिता ने लिया—व्यावसायिक और राजनीतिक क्षेत्रों की एक जानी-मानी हस्ती ने। अपनी बेटी का स्थायी इलाज कराने के लिए। शादी अगले ही लग्न पर कर दी गयी। डॉक्टर राज ने यह स्पष्ट कर दिया कि कामिनी उनकी पत्नी और श्री कुशवाहा उनके ससुर कहलाना चाहें इसमें उन्हें कोई एतराज नहीं है लेकिन वह कामिनी के पति या श्री कुशवाहा के दामाद के रूप में प्रसिद्ध नहीं होना चाहते। कुशवाहा साहब अपनी इकलौती बेटी को, कुशवाहा साहब के सम्पन्न बेटे अपनी एकमात्र लाड़ली बहन को बतौर दहेज बहुत कुछ देना चाहते थे मगर डॉक्टर राज को यह मंजूर नहीं हुआ। डॉक्टर राज ससुर के पैसे से प्रैक्टिस को फैलाने के लिए तैयार नहीं थे। ससुर के आग्रह से इतना ही हुआ कि उन्होंने मन-ही-मन यह संकल्प कर लिया कि उन्हें कुछ ही वर्षों में अपने ससुर से भी अधिक सफल और सम्पन्न होकर दिखा देना है। इसको उन्होंने पूरा किया मगर इसकी पूर्ति के क्रम में अपना दाम्पत्य जीवन कुछ अधूरा-सा ही छोड़ दिया। मगर कामिनी को कभी कोई शिकायत नहीं हुई और कामिनी ने ही कभी उनके व्यक्तित्व की बुलन्दियों से आतंकित होना जरूरी नहीं समझा। कामिनी की निगाह में वह एक बच्चे ही ठहरे—जिद्दी बच्चे। आदर्शवादी युवक नहीं, प्रतिद्वन्द्व और प्रतिशोध की भावना से पीड़ित एक सुकुमार किशोर। "तुम भावुकता के आदर्श को ठुकराते हो मगर अपनी आदर्शवादिता के मामले में कितने भावुक हो, कुछ पता है।" वह अक्सर अपने उस खास नटखट अन्दाज में पूछा करती थी।

डॉक्टर राज प्यार-व्यार का व्यापार जरा कम ही समझते थे। मगर कामिनी को अपने ही ढंग से अच्छा मानते थे। उनकी यह बात सुनकर कामिनी हँसते हुए कहा करती थी, "हाँ, जरूर! स्टेथस्कोप से कुछ कम और ड्राइंगरूम में रखी हुई उस मूर्ति से कुछ ज्यादा।" और डॉक्टर राज इस पर मेहरबान होकर एक खफीफ-सी मुसकान बख्शीश कर दिया करते थे। कामिनी उन्हें सचमुच अच्छी लगती थी—सुन्दरी

होने के नाते उतनी नहीं, जितनी कि मेधाविनी होने के नाते। डॉक्टर साहब को अगर कोई शिकायत थी तो यही कि वह अपने प्रति गम्भीर नहीं है और अपनी तथा दूसरों की कमजोरियों को बहुत आसानी से नजरअन्दाज कर जाती है। कामिनी कहती, "एक के गम्भीर होने पर यह हालत है, अगर दोनों ही फिलॉस्फर हो गये तो मामला सिफर ही रह जाएगा डॉक्टर साहब।" जब कभी डॉक्टर राज कुछ अतिरिक्त गम्भीरता के साथ बातें करने लगते तब कामिनी इसी तरह डॉक्टर साहब कहकर छेड़ने लगती। डॉक्टर साहब के गम्भीर घरेलू प्रवचन के बीच तालियाँ बजा देना या फी-फी-फी-फी करके हँसने लगना भी उसके चहीते शगल थे। डॉक्टर साहब को खुद आश्चर्य होता था और आज भी होता है कि ऐसी हरकतों पर कामिनी पर क्रोध आने की बजाय कामिनी को नटखट बच्ची बहकर चपतियाने का मन हुआ करता था। क्या इसे ही प्यार कहते हैं?

डॉक्टर राज को कामिनी से प्यार रहा हो या नहीं कामिनी के लिए डॉक्टर राज 'मेरे बहुत ही प्यारे बुद्धिमान बुद्धू' रहे। डॉक्टर राज के लिए यह एक सुखद और आश्चर्यप्रद अनुभव था कि कोई सर्वथा भिन्न व्यक्तित्व उन्हें अपना सर्वथा अभिन्न संगी मान सकता है। बगैर ऊपरी तौर से कभी भावुक हुए वह भीतर-ही-भीतर शायद भावनाओं की एक बहुत ही मजबूत डोरी से अपनी पत्नी के साथ बँध गये थे। इसीलिए उसकी मौत ने उन्हें इस कदर हिला दिया। दुनिया ऐसा नहीं मानती मगर वह यही मानते रहे कि कामिनी की मृत्यु उनके पेशे और उनकी प्रतिभा की सबसे बड़ी हार थी। कामिनी ने जब पहली बार गर्भ धारण किया तब डॉक्टर साहब ने उसकी देखरेख की जिम्मेदारी शहर की सबसे मशहूर लेडी डॉक्टर पर सौंप दी। प्रसव बहुत ही कष्टसाध्य रहा और बच्चा मरा हुआ निकला। जच्चा के स्वास्थ्य को भी काफी क्षति पहुँची। यह प्रकट हुआ कि गर्भ-धारण कामिनी के लिए घातक सिद्ध हो सकता है लेकिन कामिनी ने भी जिद पकड़ ली कि "वह 'बौद्धिक सामन्त' डॉक्टर बी.डी. राज का उत्तराधिकारी अवश्य देगी। दो बच्चे घर में हों तो अच्छा रहेगा, तब यह बच्चा बलदेव राज इतना अकेला-अकेला नहीं महसूस करेगा।" कामिनी मुसकराकर कहती। चार वर्ष बाद दूसरी जचकी में बच्ची तो जिन्दा पैदा हुई लेकिन माँ के प्राण नहीं बचाए जा सके। डॉक्टर साहेब मन-ही-मन इस मौत के लिए अपने

को ही कोसते रहे—अगर उन्होंने पत्नी की जिद न मानी होती और मान भी ली थी तो केस लेडी डॉक्टर को न देकर पूरी तरह अपने ही हाथ में रखा होता... लेकिन इस हद पर पहुँचकर डॉक्टर साहब हमेशा रुक जाते, उन्हें महसूस होता कि यह दृष्टि अवैज्ञानिक है। उन्होंने अपने व्यक्तित्व और कृतित्व को अचूक बनाने की पूरी कोशिश की है लेकिन इसके माने यह तो नहीं कि डिलीवरी के केस में भी वह शहर की सबसे अच्छी गायनेकोलॉजिस्ट और ऑबस्टेट्रिशॅन से बेहतर सिद्ध होते। यह तो वही जस और सिद्धि वाली अविश्वासी बात है।

●●

आज भी डॉक्टर राज के पत्नी स्मरण की विचार-शृंखला इसी जगह पर टूट गयी। उन्हें यह विचित्र मालूम हुआ कि अपने ही घर की पार्टी में वह इस तरह सब अतिथियों से बेखबर ख़यालों में खोए हैं। यह ठीक है कि डॉक्टर साहब जो भी करें सो दुनिया की निगाहों में ठीक ही ठहरता है लेकिन सामाजिकता का भी तो कुछ तकाजा है। वह पोर्टिको की ओर बढ़ गये जहाँ उनकी एकमात्र रिश्तेदार चचेरी बहन गुणवन्ती अपनी नयी ब्याहता बेटी मोहिनी और नये जमाई इंजीनियर चन्द्रप्रकाश के साथ खड़ी हुई थी। बलदेव राज को देखते ही वह बोली, "भाई साहब, हम तो आपको ही खोज रहे हैं। इन लोगों का रिसेप्शन इतवार को फिक्स हो गया है जीमखाना में। शाम पाँच से सात—आप जरूर आइएगा।"

इंजीनियर चन्द्रप्रकाश ने इतना और जोड़ दिया, "और हमारी साली साहेबा को भी जरूर लाइएगा। आपने तो उन्हें बिल्कुल छिपाकर रख छोड़ा है।"

डॉक्टर राज को ऐसी बेतकल्लुफी से परहेज था। बात खत्म करने वाले अन्दाज में बोले, "इतवार ही जरा पढ़ने-पढ़ाने और सुस्ताने का दिन होता है, उस दिन भी सीरियस केसों को देखने जाना ही पड़ता है।"

इंजीनियर चन्द्रप्रकाश अब भी बारातियों वाली चहक में बहक रहे थे। बात काटते हुए बोले, "तो इसे भी सीरियस केस ही मान लीजिएगा।"

डॉक्टर राज ने सिगार का सिरा चूसते हुए कहा, "आपकी बातचीत

से जाहिर है कि आपके केस को सीरियसली ही लेना पड़ेगा। चन्द मिनटों के लिए सही, मैं आऊँगा जरूर। कामिनी और शन्नो तो खैर वहाँ शुरू से रहेंगे ही। कामिनी है कहाँ?"

कामिनी सब लोगों से अलग-थलग एक कोने में बदस्तूर अपना क्रोशिया का काम लिए बैठी थी। जैसे उसे इस समारोह से कोई मतलब ही नहीं। लाज-संकोच से जन्मी हुई उसकी यह अदा अपरिचितों द्वारा अक्सर लाखों की सम्पत्ति की उत्तराधिकारिणी होने के घमण्ड की निशानी मान ली जाती थी। पिता द्वारा नाम लिए जाने पर उसने क्रोशिया से अपनी निगाहें उठाईं। फिर उसे झोलानुमा पर्स के हवाले कर धीरे-धीरे निगाहें कभी बहुत नीचे कभी ऊँचे उठाते हुए किसी घबराई हुई किशोरी की तरह अपने पिता की ओर बढ़ी। पिता ने पुत्री को न जाने कौन-सी वीं बार निराशा से देखा। पत्नी की इस यादगार को उन्होंने पत्नी का ही नाम दिया था—कामिनी। वह कामिनी जिसके गुजर जाने के बाद डॉक्टर साहब ने मित्रों, रिश्तेदारों, यहाँ तक कि स्वयं ससुर के आग्रह करने पर भी दूसरी शादी नहीं की थी और विधुर बलदेव राज की व्यथा को डॉक्टर बी.डी. राज की कर्मठता से पूरी तरह ढक दिया था लेकिन कामिनी की इस यादगार में कामिनी तो कहीं भी तो नजर नहीं आती। इतनी सुन्दर स्त्री की पुत्री इतनी सादा कैसे हुई। कद-काठी पिता की-सी और नाक-नक्श न जाने किसका सा। कामिनी कुशवाहा और डॉक्टर बी.डी. राज के गुण सूत्रों का यह बेढब योग फल निहायत भद्दे मजाक पसन्द करने वाली किसी विधि का ही विधान हो सकता था न इसमें कामिनी की कमनीयता और सहज बुद्धि थी और न डॉक्टर बी.डी. राज की दृढ़ता, प्रखर मेधा और रूखी किन्तु आकर्षक गरिमा। शुरू में इस बेढंगेपन को डॉक्टर राज ने कैशोर्य का लक्षण मानने की कोशिश की थी और अपने को समझाया था कि 'बाद में अच्छी निकल आएगी।' लेकिन पिछले तीन वर्षों से आश्वस्त थे कि यह मामला चिरकैशोर्य वाला है। तब से विधि की इस विडम्बना के प्रति उन्होंने स्वयं विडम्बना पूर्ण रवैया अपना लिया है। कुछ इस अन्दाज से उससे बातें करते हैं कि व्यंग्य की गन्ध आती है।

आज भी कामिनी जब वापस आयी तब उनकी जबान से न चाहते हुए भी कुछ वैसा ही फिकरा फिसल गया, आपको मिस्टर एकान्त क्रोशिया से फुरसत मिल गयी कामिनी जी? बड़े जोर हजरत हैं ये

ापको इस कदर घेरे रहे कि आप अपने मेहमानों से भी मुखातिब नहीं हो सकीं।

कामिनी ने वही उत्तर दिया जो घबराहट में अक्सर देती है, "जी हाँ, जी नहीं।"

डॉक्टर साहब ने मुस्कराकर कहा, "बिटिया रानी, हम आपको कई बार बता चुके हैं कि 'हाँ' और 'नहीं' में कोई फर्क न देखने वाला फलसफा हमारी मोटी बुद्धि से बाहर है।

इंजीनियर चन्द्रप्रकाश इस फिकरे पर ठठाकर हँस पड़े और डॉक्टर साहब को अपने ओछे पड़ जाने का अहसास हुआ। कामिनी का तो खैर शर्म के मारे बुरा हाल हो ही चुका था। गुणवन्ती ने बात बदलने और स्थिति सँभालने की गरज से कामिनी की साड़ी की तारीफ कर दी। कामिनी ने धन्यवाद किया हालाँकि उसके मन में यही हीन भाव उठा कि मेरी साड़ी ही तारीफ के लायक हो सकती है, मैं खुद नहीं। डॉक्टर साहब को तारीफ सरासर झूठी मालूम हुई। साड़ी महँगी और लेटेस्ट फैशन की थी मगर कामिनी के कद और रूप-रंग को देखते हुए कतई अनुपयुक्त ठहरती थी। लिबास के मामले में कामिनी का चुनाव गलत ही होता है। या तो फैशन बिल्कुल न करके अपनी सादगी कुछ और फीकी बना लेती है या इतना ज्यादा और गलत फैशन करती है कि रंग-रूप सादगी भौंडी मालूम होने लगती है। इस कुरुचि के लिए किसी हद तक कामिनी की संशयात्मक वृत्ति को जिम्मेदार ठहराया जा सकता है और किसी हद तक शन्नो की सोहबत को।

शुरू में कई आया और नर्सें बदल चुकने के बाद डॉक्टर साहब ने गुणवन्ती के सुझाव पर अपनी एक बहुत ही दूर के रिश्ते की गरीब भांजी शन्नो को कामिनी की अध्यापिका, सखी और दीदी बनने के लिए बुला लिया था। शन्नो की शादी दो बार अमंगल होने के कारण टूटी तो विवाह-मंडी में मांगलिक कुंडली वाली इस अनाथ बालिका की कोई साख नहीं रही।

वह कस्बे के कन्या विद्यालय में अधेड़ आयु कुँआरी अध्यापिका की भूमिका में पूरी तरह प्रतिष्ठित हो चली थी कि डॉक्टर साहब ने उसे अपनी दस वर्षीय बेटी की देखरेख के लिए परिवार का सदस्य बना लिया। पूजा-पाठ और प्रेम साहित्य दोनों में समान श्रद्धा रखने वाली शन्नो ने अपने गँवारू रूमानी सपनों से कामिनी को सजाना शुरू कर

दिया। मानो वह उसके माध्यम से किशोरावस्था और यौवन को फिर से जीना चाहती हो। वह साड़ी भी निश्चय ही उसने चुनी होगी।

गुणवन्ती के टोकने पर डॉक्टर साहब ख़यालों की दुनिया से उबरे। वह कामिनी के लिए कोई रिश्ता सुझा रही थी। डॉक्टर साहब ने झेंप मिटाने के लिए कहा, "अभी क्या जल्दी है, शादी कहीं-न-कहीं ठहर ही जाएगो।"

इंजीनियर चन्द्रप्रकाश बोले, "हाँ साहब, लाखों की माया की जो उत्तराधिकारिणी हो उसके लिए तो ऐसे लाखों रिश्ते आएँगे।"

डॉक्टर राज ने कुछ कटुतापूर्वक कहा, "मगर मुझे तो लाखों में से एक उस रिश्ते का इन्तजार है जो लाखों की माया की खातिर नहीं, मेरी बिटिया की खातिर आया हो।"

गुणवन्ती को इस उक्ति में निहित कामिनी की अवमानना मालूम हुई। आज डॉक्टर साहब का मूड ठीक नहीं मालूम होता। वह कामिनी को दलबल के साथ उस टेबल की ओर घसीट ले गयी जिस पर महिला-मण्डली पोकर खेलने में व्यस्त थी।

●●

उस रात सोने से पहले डॉक्टर साहब अपनी बुद्धू बिटिया के बारे में कुछ सोच विचार करते रहे। उन्हें अफसोस हुआ कि कामिनी की शिक्षा-दीक्षा की ओर वह अपनी व्यस्तता के कारण जरा भी ध्यान नहीं दे पाये। अगर रोज घंटा आध घंटा कुछ पढ़ाया समझाया होता तो शायद लड़की इतनी कूड़-मगज न निकलती। इस अभागी की माँ जिन्दा रहती तो कुछ शऊर-सलीका सिखलाती अब तो यह कुल मिलाकर संस्कारों से कस्बाती शन्नो की छोटी बहन मालूम होने लगी है। अगर इसे पति भी कोई ऐरा-गैरा सा मिल गया तो समझो जिन्दगी तबाह हो जायगी और यह सारी दौलत तो खैर तबाह होगी ही। इसीलिए डॉक्टर राज कामिनी के लिए वर का चुनाव काफी ठोक बजाकर करना चाहते हैं। अधिकतर अमीर लड़के उन्हें निठल्ले, सिफर दिमाग और विलासी मालूम होते हैं। ऐसा लड़का कुछ और रईस होने की गरज से रिश्ता भले ही मंजूर कर ले, कामिनी जैसी लड़की को वास्तविक पत्नी के रूप में तो शायद ही मंजूर करेगा। मामूली हैसियत वाले वर डॉक्टर राज को सिरे से लालची

और चापलूस मालूम होते हैं। शादी हो जाने के बाद कामिनी को ऐसा आदमी भी दौलत के दूध में गिरी मक्खी की तरह फेंक देगा। कोई ऐसा लड़का चाहिए जो प्रतिभाशाली हो, आत्मसम्मान वाला हो, अपनी मेहनत से आगे बढ़ने की लगन जिसमें कूट-कूट कर भरी हो। यानी वैसा जैसा लड़का उनके ससुर को कामिनी के लिए मिला था?

यह विचार आते ही डॉक्टर राज मन ही मन मुस्करा उठे। डॉक्टर बलदेव राज जैसे वर कोई सौ-पचास थोड़े होते हैं दुनिया में। और कामिनी कुशवाहा जैसी लड़की तो विरली होती है। अगर मेरी बिटिया भी कामिनी कुशवाहा जैसी होती तो शायद कोई बलदेव राज मिल भी जाता। यों भगवान झूठ न बोलाए एकाध ठीक-ठीक से लड़के निगाह में आये भी मगर तब शन्नो ने अपना रूमानी चश्मा कामिनी को पहना दिया। लड़का बहुत बड़ा है उम्र का, दाँत बाहर को निकले हुए हैं, तोंद दिखाई देती है कभी कुछ, कभी कुछ। पता नहीं यह सब बिटिया ने शन्नो से कहा भी या शन्नो ने उसकी ओर से झूठ-मूठ ही कह दिया। यों नुक्स जो बताया गया सो ठीक ही बताया गया और डॉक्टर राज को खासा ठीक-ठीक सा दिखने वाला वर कुछ कम ठीक-ठीक नजर आने लगा। उन्हें सर्वथा निर्दोष, सर्वगुणसम्पन्न वर की बराबर प्रतीक्षा है और यह आशंका भी कि ऐसा वर उनकी बिटिया को न मिल सकता है और न बिटिया खुद ही खोज सकती है। कामिनी कुशवाहा ने तो खुद खोज लिया था।

डॉक्टर साहब को अपनी बेटी द्वारा वर खुद खोजे जाने की कल्पना बेतुके रूप से प्रीतिकर मालूम हुई। इतनी अनाकर्षक लड़की कभी किसी लड़के को अपनी ओर आकर्षित कर सकेगी? इसीलिए शन्नो द्वारा कामिनी को तमाम प्रेमभक्ति साहित्य पढ़ाये जाने के बावजूद डॉक्टर राज निश्चिन्त हैं कि उनकी बिटिया किसी बेकार के चक्कर में नहीं फँसेगी। वह स्वयं उसे अपने नुस्खे के मुताबिक सुयोग्य वर ढूँढ़ कर ला देंगे। उन्हें विश्वास है कि अगर सचमुच जोर देकर किसी लड़के की सिफारिश करेंगे तो आज्ञाकारिणी उत्तराधिकारिणी कामिनी राज हाँ कहने वाले अन्दाज में सिर झुका देगी। चलो लाख बुद्धू सही, बाप के बस में रहने वाली रईसजादी तो है। इन छोटी-मोटी मेहरबानियों के लिए भगवान को धन्यवाद।

सोचते-सोचते डॉक्टर साहब को नींद आ गयी। कामिनी जो अपने

पिता के प्रभावशाली व्यक्तित्व से एक आतंकमय श्रद्धा से बँधी हुई थी आँगन के पार अपने कमरे से बराबर एकटक अपने पिता के कमरे की ओर देखती रहती थी। कभी-कभी साहस करके वह उनके कमरे तक भी चली जाती थी और अगर वह मेहरबानी करके बैठने को कह दें तो आभार से झुकी हुई, उनके पास बैठ जाती थी। अधिकतर पिता और पुत्री के पास एक दूसरे से कहने के लिए कुछ खास होता नहीं था। पुत्री इस संकोच में चुप रहती थी कि इस महान व्यक्ति के सामने अपनी क्षुद्र धारणाएँ, आकांक्षाएँ और शंकाएँ कैसे रखूँ? और पिता इस संकोच में खोए रहते थे कि बिटिया की हीन भावना जगाए बगैर कुछ कहें तो कैसे? तो भी यह मौन कामिनी को उन सार्वजनिक मुठभेड़ों से बेहतर मालूम होता था जिनमें उसके पिता एक-न-एक फब्ती कस देने का लोभ संवरण कर नहीं पाते थे। समझना यह मुश्किल होता था कि बात सीधी है या किसी निहित व्यंग्य के कारण टेढ़ी?

कामिनी ने पिताजी के कमरे में बत्ती देर तक जलती देखी तो जिज्ञासावश वहाँ चली गयी। पिताजी खाट पर लेटे हुए थे सीने पर खुली किताब, आँखों पर पढ़ने का चश्मा। कामिनी ने चश्मा उतारा किताब उठाकर जगह पर रखी। चादर पाँव पर डाल दी। बत्ती बुझाने को बढ़ी कि पिताजी की आँख खुल गयी।

"आप सो गये थे...इसलिए...मैंने।"

"ठीक है, ठीक है, बत्ती बुझा दे।" डॉक्टर साहब ने तकिए अच्छी तरह जमाते हुए कहा, "और तू भी अभी तक क्यों नहीं सोयी? इतनी फिकर मत किया कर, तेरी फिकर तेरा बाप कर लेगा, समझी!"

कामिनी इस बार भी तय नहीं कर सकी कि पिता की बात को व्यंग्य माने कि नहीं। फिर सहसा पिता को व्यंग्यवक्ता मानने की कल्पना ही उसे गर्हित मालूम हुई। पता नहीं उसे क्या सूझी कि उसने पिता के चरण छू लिए।

"अरे, अरे यह क्या?"

"माफी माँग रही हूँ।"

"क्या, किस बात की?"

"हर बात की।"

"हर बात की?"

"हाँ, मैं आपको बहुत दुःख जो देती हूँ।"

"मैं कोई दुःख ज्यादा दिन नहीं पालता।" डॉक्टर साहब ने उसी जानी-पहचानी फीकी-मुसकान में बात को लपेटते हुए कहा, "तुझे तो बीस बरस पाल चुका हूँ। खैर अब हाथ पीले करा के तुझे भी विदा कर दूँगा।"

डॉक्टर साहब खुद नहीं समझ पाये कि इस वाक्य में व्यंग्य कितना है और व्यथा कितनी है। इस असमंजस से उबरने के लिए, किसी भी भावुकता के साक्षात् होने की आशंका टालने के लिए उन्होंने बहुत प्यार और खिलवाड़ से कामिनी को चपतिया दिया और कहा, 'गुड नाइट।'

कामिनी के लिए इतना भी पितृ-स्नेह दुर्लभ रहा था। वह कृतकृत्य हो गयी।

●●

रविवार को मोहिनी और चन्द्रप्रकाश के रिसेप्शन में हिस्सा लेने के लिए शन्नो और कामिनी गुणवन्ती बुआ के घर होती हुई गयीं। फोन पर यह तय हुआ था कि बुआ उनके साथ ही जीमखाना जाएँगी ताकि बिटिया मोहिनी और जमाई चन्द्रप्रकाश बारह से तीन वाली फिल्म देख सकें और कुछ घूम-घामकर सीधे जीमखाने ही जा सकें। जब शन्नो और कामिनी गुणवन्ती बुआ को साथ लेकर निकलने को हुईं तब एक नौजवान टैक्सी से उतरा। बुआजी उसे पहचानती थीं, ये लोग नहीं। बुआजी को उसने बताया कि चन्दर ने एहतियातन मुझे टैक्सी लेकर भेज दिया, अगर डॉक्टर साहब के यहाँ से कोई लिवाने न आये हों तो।

बुआजी ने कहा, "वे दोनों यह खड़े तो हैं। आप टैक्सी छोड़ दीजिए और हमारे साथ ही चलिए मनमथ बाबू।"

मनमथ बाबू और बुआजी में टैक्सी के पैसे चुकाने के मामले में तकल्लुफी की तकरार हुई और आखिर बुआजी बिटिया के ससुराल वालों के प्रति अपने धर्म का निर्वाह करने में सफल हो सकीं। चारों जने डॉक्टर साहब की गाड़ी में बैठे। कार स्टार्ट होकर आगे बढ़ गयी तब जैसे बुआजी को होश आया—"अरे, मैं आप लोगों का परिचय कराना तो भूल ही गयी। यह हैं मिस्टर मनमथ नाथ, हमारे चन्द्रप्रकाश जी के...भाई ही समझ लो। और यह है शन्नो, मेरी बहन की लड़की

और यह कामिनी हमारे डॉक्टर साहब की लड़की।"

मनमथ नाथ ने बहुत ही अदा से नमस्कार किया और चाशनी-घुले स्वर में बोला, "आपकी तो बहुत तारीफ सुनी थी और देखता हूँ कि तारीफ जायज थी। आपसे मिलकर बहुत खुशी हुई।"

गुणवन्ती बुआ ने मज़ाक किया, "आपकी निगाह की दाद देनी पड़ती है, इतनी जल्दी से सब कुछ देख-समझ लेते हैं।"

मगर कामिनी इसी खुशी में डूब गयी कि इतने खुशनुमा, इतने खूबसूरत नौजवान को उससे मिलकर खुशी हुई।

मनमथ नाथ का बातचीत करने का ढंग बहुत ही सहज और अनौपचारिक मालूम होता था। बल्कि यों कहना चाहिए कि औपचारिक बातें भी उसके मुँह से बहुत सहज-स्वाभाविक लगती थीं। उसका सारा व्यक्तित्व जैसे रिझाने की कला को समर्पित था। आश्चर्य नहीं कि रूमानी साहित्य की अनन्य पाठिका शन्नो को उसने बेतरह प्रभावित कर दिया—ज्यादा बातें वह उसको ही सम्बोधित करके कह रहा था, यों उनमें बहुत-सी टकराकर कामिनी की ओर भी जाती दिखती थीं।

जीमखाना में रिसेप्शन की भीड़ में से कामिनी को अलग खींचकर शन्नो ने गुप्त सूचना दी—"यह मनमथ तो बहुत ही अच्छा लड़का मालूम होता है और अगर मैं गलत नहीं समझी हूँ तो तू भी उसे बहुत अच्छी लगी है।"

कामिनी कुछ भी नहीं बोली। बोलने की जरूरत भी नहीं पड़ी। तभी मनमथ भीड़ में से हटकर उनकी ओर आया और आग्रहपूर्वक कामिनी को जलपान के लिए लिवा ले गया। शन्नो आज एकादशी के उपलक्ष्य में उपासी थी। इसलिए साथ नहीं जा सकी। कामिनी को सुनकर आश्चर्य हुआ। शन्नो दीदी कभी एकादशी नहीं करतीं। कामिनी को क्या पता था कि शन्नो जीजी की कल्पना मनमथ और कामिनी को एक प्रेम-कथा के नायक-नायिका का दर्जा दे चुकी है और कथा-सूत्र के आगे बढ़ने के लिए इस वक्त नायिका की तपस्विनी बड़ी बहन का थोड़ा-सा झूठ बोल जाना बहुत महत्त्व रखता है।

मनमथ ने बहुत प्रेम, बहुत आग्रह से जलपान कराया और साथ ही दुनिया- जहान की बातें सुनाईं। ऐसा मालूम होता था मानो कोई महत्त्वपूर्ण स्थान ऐसा नहीं जो उसने न देखा हो, कोई महत्त्वपूर्ण व्यक्ति ऐसा नहीं जिससे उसका थोड़ा-बहुत परिचय न रहा हो और जिसके

बारे में कई भेद की बातें न जानता हो, कोई अच्छा-बुरा अनुभव ऐसा नहीं जिससे होकर खुद न गुजरा हो या जिसका चश्मदीद गवाह न रहा हो। और फिर इस सबको नगण्य मानकर उड़ा देने के लिए प्रस्तुत है। यह तो कुछ भी नहीं था। कुछ होने का तो इन्तजार है।

कामिनी ने लक्ष्य किया कि जो बातें औरों के मुँह से निकलकर अहंकार की गूँज पैदा करती हैं इस नौजवान की जबान से विनम्रता बनकर बरस पाती हैं। वह इसी चमत्कार के विचार में खोई हुई थी कि मनमथ ने कहा, “आप तो बस सुनती ही जाती हैं, कुछ कहती नहीं, कुछ बताती नहीं।”

कामिनी ने कुछ झेंपते हुए कहा, “हमारे पास कहने-बताने को क्या है। ठहराव-ही-ठहराव है बस।”

मनमथ ने हँसकर कहा, “तब तो आपसे सावधान रहना होगा। ठहरा पानी बहुत गहरा होता है।”

कामिनी को अपने कानों पर विश्वास नहीं हो रहा था। वह कतई सकपका गयी। तभी मनमथ ने अदा से कहा, “जरा तैराकी के गुर शन्नो जीजी से पूछ लूँ। फिर आपसे मिलूँगा।”

वह सचमुच शन्नो जीजी के पास चला गया और देर तक उनसे बतियाता रहा। कामिनी औरों से औपचारिक बातें करते हुए बीच-बीच में कनखियों से उस सुन्दर राजकुमार की ओर देखते रहने का लोभ संवरण नहीं कर पा रही थी।

सहसा उसने लक्ष्य किया कि उसका यों कनखियों से किसी को देखना किसी और द्वारा भी कनखियों से देखा जा रहा है। पिताजी कुछ फासले पर खड़े हुए हैं और गुणवन्ती बुआ से बातें करते हुए कभी उसकी ओर कभी मनमथ की ओर देखे जा रहे हैं।

एक बहुत ही सुखद सपना उसके मन में जन्म लेने लगा।

●●

कामिनी सुन्दर सपने को सुन्दरतर बनाने की कोशिश में इतनी खोई हुई थी कि उसे पता ही नहीं चला कि कब पिताजी गुणवन्ती बुआ के साथ उसके पास आकर खड़े हो गये। वह तब बेहद सकपका और शर्मा गयी जब डॉक्टर राज ने अपनी वाणी में विडम्बना घोलते हुए

कहा, “अगर हमारी बिटिया रानी इस असार संसार में लौट आने की मेहरबानी करें तो मैं उनसे घर चलने का अनुरोध करूँ।”

गुणवन्ती बुआ बोली, “तुम नाहक लड़की को परेशान करते हो भैया। ये उसके हँसने-खेलने के दिन हैं।”

पिताजी ने मुस्कराकर कहा, “हँसने-खेलने से किसे एतराज है? हम तो यह देखकर सोच में पड़े जा रहे हैं कि हमारी बिटिया किसी सोच में पड़ गयी है। आज तो यह पूरी दार्शनिक मालूम हो रही है।”

गुणवन्ती बुआ ने बात बदलने और सँभालने की गरज से कहा, “दार्शनिक- वार्शनिक तो मैं नहीं जानती, दर्शनीय अलबत्ता लग रही है। कामिनी पर यह साड़ी खूब ही फब रही है।”

“हाँ, सो तो है।” डॉक्टर राज ने सिर हिलाते हुए कहा, “मुझे तो शुरू में अपनी आँखों पर विश्वास नहीं हुआ। यह दिव्य, देदीप्यमान, अप्सरावत रूप-राशि क्या मेरी दीर्घायुभूयात् कामिनी नाम्नी सुकन्या की ही है।”

भोली कामिनी ने विडम्बना को वास्तविक विस्मय मानते हुए लजाकर, कहा, “मैं अप्सरा नहीं लग रही हूँ।”

“चलो दिव्यलोक की अप्सरा न सही।” डॉक्टर राज ने बाएँ हाथ के अँगूठे और तर्जनी से अपनी फ्रेंचकट दाढ़ी को खुजाते हुए कहा, “अपार सम्पदा की उत्तराधिकारिणी सही। शन्नो तुम्हें ये जो साड़ियाँ वगैरह दिलवाती हैं वे तुम्हारे रूप का बखान करने में भले ही बहुत समर्थ न हों, तुम्हारी रईसी तो उजागर कर ही देती हैं। साड़ी क्या है, माशा अल्लाह एक साइन बोर्ड है–जिस पर लिखा है यह सब और साथ में परम पूज्य पिताजी की लगभग 15 लाख की सम्पत्ति, स्वर्गीया माताजी का पाँच लाख रुपया, स्वर्गीय नानाजी के रखे हुए दस लाख के जेवर और धनाढ्य मामाओं के अनगिनत उपहार वगैरह-वगैरह। क्यों?”

कामिनी ने घबराकर कहा, “जी हाँ, जी नहीं। मेरा मतलब है जायदाद अभी तो मेरी नहीं। मतलब आपकी है। मतलब आप जैसे कहें। अगर यह साड़ी।...”

“नहीं, नहीं, यह साड़ी बिल्कुल ठीक है। अगर दूसरों को यह पता चले कि हमारी बिटिया लाखों की उत्तराधिकारिणी है तो कोई हर्ज नहीं। हमारा तो यही कहना है कि वह खुद भी इस बात को ध्यान में रखे।” डॉक्टर साहब ने कामिनी का कन्धा थपथपाते हुए कहा और

फिर शन्नो को आवाज देकर बुलाया जो अब भी मनमथ से एकान्त वार्ता में व्यस्त थी। शन्नो के आने पर डॉक्टर साहब ने कहा, "अगर डॉक्टर राज के घर ये दो शोभाएँ बहन गुणवन्ती के जमाई बाबू के इस प्रीतिभोज को माया जगत के मनमथों के लिए आकर्षणविहीन करने को प्रस्तुत हों तो अब चला जाये।"

गुणवन्ती ने इस पर जोरदार ठहाका लगाया और कहा, "बलदेव भाई साहब आपको तो नौटंकी में होना चाहिए था।"

डॉक्टर साहब हँसकर बोले, "अगर अपने ही लोग मुझ जैसे नीरस व्यक्ति की जिन्दगी को नौटंकी बनाने पर उतारू हों तो मैं कर ही क्या सकता हूँ। हमारी शन्नो जी शायद अब मुझे अपनी नयी नौटंकी 'मनमथ-मन-मन्थन' में अड़ियल बाप की भूमिका दिया चाहती हैं।"

शन्नो ने तुनककर कहा, "मामाजी आपके लतीफे तो हम जैसे मूर्खों की समझ से बाहर हैं।"

डॉक्टर साहब ने दहला जमाने वाले अन्दाज में कहा, "मैं आपकी समझ की दाद देता हूँ शन्नो देवी, कि आप यह तो समझ सकी हैं कि आप मूरख हैं।" इस बार ठहाका बुलन्द हुआ और इस ठहाके के साथ ही डॉक्टर-परिवार ने विदा ली।

घर लौटते हुए डॉक्टर साहब ने शन्नो से पूछा, "तो वह मिस्टर सुन्दर राजकुमार आप पर इतने कृपालु हुए कि सारी पार्टी को भुलाकर आप ही की सेवा में प्रस्तुत रहे।"

शन्नो ने बुजुर्गाना बानी अपनाते हुए कहा, "मामाजी आपको तो हमेशा मजाक ही सूझता है। वह लड़का मुझे बहुत ही भला मालूम हुआ।"

"गरज यह कि मामला गम्भीर विचार का अधिकारी है।" डॉक्टर साहब ने मुस्कराकर कहा, "क्या मैं जान सकता हूँ कि गम्भीरता की यह गाज किस पर गिरने वाली है।"

"मामाजी आपसे तो बात करना मुश्किल है। मैं तो यही कह रही थी कि लड़का अच्छा है और कामिनी उसे पसन्द आ गयी दिखती है।"

डॉक्टर साहब बोले, "आप ऐसा कहना चाहती होंगी शन्नो देवी, मगर ऐसा कह हरगिज नहीं रही थीं। बहरहाल यह जानकर खुशी हुई कि सुन्दर राजकुमार को हमारी राजकुमारी मनभामिनी प्रतीत हुई।"

कामिनी ने पिता के इस व्यंग्य को विनोद मानने की कोशिश की

और अपने को समझाना चाहा कि शायद एक अच्छे रिश्ते की सम्भावना प्रकट होती देखकर चुहलबाजी के मूड में उतर आये हैं। तभी शन्नो ने बताया कि मनमथ को कामिनी की साड़ी बहुत पसन्द आयी। इस पर डॉक्टर साहब ने हँसते हुए कहा, "यह लाखों दहेज में मिलने के साइन-बोर्ड वाली साड़ी। मैं कहता था न इसका असर पड़ेगा।"

शन्नो ने प्रतिवाद किया, "मनमथ बाबू सुसंस्कृत व्यक्ति हैं। उन लोगों में से नहीं जो ऐसी ओछी बातों का विचार करते हैं।"

डॉक्टर साहब बोले, "लाखों की जायदाद को जो ओछा मान सके वह तो सचमुच बहुत बड़ा आदमी होगा। ऐसे सुसंस्कृत व्यक्ति का परिचय पाकर मैं धन्य हुआ।"

पिता की उक्ति में निहित विडम्बना को सर्वथा न समझते हुए और उत्साहवश अपने स्वाभाविक संकोच को भूल जाते हुए कामिनी कह बैठी, "अच्छे हैं।" और फिर इस दुस्साहस पर अपनी जबान काट ली।

डॉक्टर राज मुस्कराये और फिर सहसा गम्भीर सोच में पड़ गये।

●●

शन्नो ने डॉक्टर राज और कामिनी दोनों से ही यह बात छिपाकर रखी थी कि वह मनमथ को मंगलवार शाम चाय पर आने का न्यौता दे आयी थी। वह यह महसूस कर रही थी कि इस 'आदर्श प्रेम' के लिए शुरू में थोड़ा छल-कपट करना अनुचित न होगा। मंगल को तीसरे पहर उसने बहुत आग्रहपूर्वक कामिनी को सजाया-सँवारा। यह बात अलग है कि सजने-सँवरने के बाद आधुनिक शहराती फैशन में शन्नो की कस्बाती धारणाओं का मिश्रण हो जाने से कामिनी कुछ और भी अनाकर्षक लग रही थी। कामिनी बार-बार पूछ रही थी कि आज क्या खास बात है, मगर शन्नो कुछ भी बताने को तैयार नहीं थी। सजा-सँवारकर उसने कामिनी को ड्राइंग-रूम में बिठवा दिया और खुद झटपट रसोई में चाय वगैरह का इन्तजाम करा आयी। वह लौटी ही थी कि दरवाजे की घण्टी बजी। शन्नो ने कामिनी से दबी जबान से कहा, "जा देख, अब पता चल जाएगा क्या खास बात है।"

कामिनी का दिल जाने किस आशंका या आशा से धड़कने लगा। घबराती- घबराती-सी वह दरवाजे तक गयी। पर्दा उठाया—मनमथ

बाबू और चन्द्रप्रकाश जी! उन्हें देखकर कोई आशा पूरी हुई हो या आशंका, बहरहाल घबराहट पहले से दुगुनी हो गयी। अभिवादन करने का शिष्टाचार तक याद नहीं रहा। चन्द्रप्रकाश ने जीजा के अधिकारों का उपयोग करते हुए फब्ती कसी, "अगर इजाजत हो तो हम भीतर आएँ।"

कामिनी अपनी बेवकूफी पर इतनी शर्मसार हुई कि इसका भी कोई जवाब न दे पाने की बेवकूफी और कर बैठी। तभी शन्नो ने आकर स्थिति सँभाली। मेहमानों को वह सम्मानपूर्वक भीतर लिवा ले गयी। चाय-पानी के बाद चन्द्रप्रकाश ड्राइंग-रूम में कामिनी के पास वाले सोफे पर जम गया—'साली साहबा' से प्रेम-वार्ता करने के लिए। मनमथ दूर के एक सोफे पर शन्नो के पास बैठ गया और कामिनी को यह देखकर कुछ निराशा हुई कि इससे मनमथ को कोई निराशा नहीं हुई है। वह बड़े मजे से शन्नो से बातें किए चले जा रहा है। इधर चन्द्रप्रकाश बहैसियत जीजा यह समझाने में व्यस्त हो लिए कि वह कैसे जीजी मोहिनी के हुक्म के गुलाम बन चले हैं—शिकायत करने वाले अन्दाज में वह अपनी पत्नी की प्रशंसा किए चले जा रहे थे। कामिनी अनमनी-सी सुनती रही और बीच-बीच में, चोरी से शन्नो और मनमथ को देखती रही। गनीमत हुई कि जीजाजी ने इसका गलत ही अर्थ लगाया। बोले, "साहब, हमारे मनमथ दद्दा भी एक ही गपोड़े हैं। और शन्नो जी जैसी कोई सुन्दर युवती सुनने को बैठी हो तो इनकी जबान पर सरस्वती विराजमान हो जाती है।"

कामिनी ने इस कथन में ईर्ष्या के लक्षण देखे। कुछ आश्चर्य से पूछा, "आप इन्हें दद्दा कहते हैं। आपसे बड़े हैं क्या?"

चन्द्रप्रकाश बोले, "और लो। यह कुछ नहीं तो मुझसे आठ साल बड़ा होगा। यों आज भी कोशिश कॉलेज स्टूडेंट दिखने की ही करता है। तुम्हारी जीजी को भी इसने अपनी उम्र बहुत कम बतलाई थी मगर उसकी निगाहों को धोखा दे सकना बहुत मुश्किल है साहब", और चन्द्रप्रकाश जी ने मोहिनी महिमा फिर शुरू कर दी।

कामिनी ने बातचीत में वही थोड़ा-बहुत योगदान करने के ख़याल से पूछ लिया "आप मोहिनी जीजी को क्यों नहीं लाये?"

चन्द्रप्रकाश ने कहा, "हमारे यह चिपके हसन लाने देते तब न। मैं दफ्तर से निकला ही था कि इन हजरत ने पकड़ लिया और कहने

लगे, 'मुझे डॉक्टर साहब के यहाँ जाना है, मुझे वहाँ तक छोड़ आओ'। लो बोलो, जैसे अकेले आते उन्हें शरम आती हो। मैं समझ रहा था कि इसे मेरी नहीं मेरी गाड़ी की जरूरत है, मगर कुछ ऐसे लटके-खटके यह जानता है कि इसकी बेहूदा माँग भी बखुशी पूरी कर देनी पड़ती है। बहुत ही तेज आदमी है साहब! तुम्हारा क्या ख़याल है?"

"जी?" कामिनी ने अचकचाकर कहा, "मैं समझती हूँ कि ये विदेशी लोगों जैसे हैं। यों कभी किसी विदेशी से परिचय नहीं रहा। मेरा मतलब है कि यह इतने भिन्न हैं हम लोगों से! यानी इतना कुछ देखा-सुना समझा है उन्होंने यानी...।"

"यानी कई घाटों का पानी पिया है।" चन्द्रप्रकाश ने हँसकर कहा, "इसीलिए मैंने कहा कि बहुत तेज आदमी है। बल्कि तुम्हारी जीजी का तो ख़याल है कि जरूरत से कुछ ज्यादा ही तेज़ है।"

"यह शायद विदेशों में रहे हैं।"

"पता नहीं साहब! कहता तो है कि मर्चेण्ट नेवी में था। कई देशों की यात्रा की। अमेरिका में बसा! भारतीय हथकरघे के कपड़े की बिजनेस की। धोखा खा गया, घाटा हो गया। वगैरह-वगैरह! मगर सच क्या है भगवान जाने।"

"अब क्या यह यहीं रहेंगे।"

"कहीं धन्धे से लग लिया तो रह जाएगा। फिलहाल तो कोई आमदनी का जरिया है नहीं। बाप ने जो छोड़ा था वह यहीं कुछ वर्षों में उड़ा दिया था।"

"आप लोग कुछ मदद नहीं कर रहे हैं?"

"अजी, मनमथ दद्दा तो मददे-खुदा मार्का प्राणी हैं। इन्हें अपनी हालत पर कोई अफसोस नहीं। कुछ-न-कुछ जुगत भिड़ा रहा होगा मेरा यार। हम जैसे तो कोई छोटी-मोटी नौकरी ढूँढ़ने में मदद दे सकते हैं, सो इसे चाहिए नहीं। ऊँचे ख़यालात वाला आदमी ठहरा।"

"कैसे ऊँचे ख़यालात?"

"अब यह तुम उसी से पूछ लो न!" चन्द्रप्रकाश ने हँसकर कहा, और फिर मनमथ से मुखातिब होकर ऊँची आवाज में कहा, "यार, तू इधर आ जा, यहाँ तेरी ही बातें हो रही हैं।"

मनमथ मुसकराकर बोला, "भाई, मैं तो यह नहीं कह सकता कि यहाँ तेरी ही बातें हो रही हैं मगर इतना जरूरी है कि यहाँ भी उधर

ही बैठे किसी शख्स की चर्चा चल रही है।"

सुनकर कामिनी लजा गयी। चन्द्रप्रकाश ने कहा, "इसके लिए अपनी साली साहेबा को बधाई दूँ या शोक-संवेदना-सन्देश।"

इस फिकरे पर सबसे जोरदार ठहाका खुद चन्द्रप्रकाश ने ही लगाया। शन्नो ने कहा, "आप लोगों के जाने के बाद मैं कामिनी को जब बताऊँगी कि मनमथ बाबू से मेरी क्या बात हुई तब शायद कामिनी बधाई की ही माँग करे।"

कामिनी को यह महसूस हुआ कि सब मिलकर उसका मजाक बना रहे हैं। वह सोफे से उठी और कमरे से जाने का कोई बहाना बनाने को हुई कि मनमथ उसके पास आकर फुसफुसाया, "इस हँसी-मजाक का आप बुरा न मानिएगा। अब मैं चलता हूँ। मुझे अफसोस है कि आज आप से बात नहीं हो सकी। चलिए इसी बहाने दुबारा यहाँ आ सकूँगा। मेरे दुबारा आने पर आपको कोई एतराज तो नहीं होगा? कल आऊँ चार बजे?"

कामिनी से कुछ जवाब देते नहीं बना। मगर खामोशी नीम रजा थी।

शन्नो ने उन लोगों के जाते ही कामिनी को अंक में भर लिया और निहायत नाटकीय स्वर में घोषणा की, "तेरी तपस्या सफल हुई।" बगैर कुछ और बताये- समझाये वह इसी आध्यात्मिक उत्साह में कामिनी को लगभग घसीटती हुई पूजा-कक्ष में ले गयी। उससे देवताओं पर फूल चढ़वाये, हाथ जुड़वाये और फिर उसे खुद ही आशीर्वाद दे डाला–'सफल मनोरथ होएँ तुम्हारे।' फिर उन्होंने कहा कि आज मंगल है और मंगलवार का व्रत मांगलिक फल दे रहा है। कामिनी ने उन्हें याद दिलाया कि व्रत वह नहीं करती, शन्नो जीजी खुद करती हैं। उन्होंने कहा कि अरे तेरे लिए ही तो करती हूँ। मेरा अब क्या होना है। फिर वह कामिनी को अपने कमरे में ले गयी और प्रेम के विषय में कुछ लौकिक, कुछ पारलौकिक वार्ता करने लगी।

कामिनी इस रहस्यात्मक वार्ता से खासी परेशान हुई। उसने कहा, "शन्नो जीजी, आप मुझे यह सब क्यों बता रही हैं? आज आपको हो क्या गया है?"

शन्नो जीजी हँसी, बोली, "पगली मुझे और कुछ क्यों होने लगा, कुछ हुआ होगा तो खुशी हुई होगी अपनी लाड़ली बहन के दिन फिरते

देखकर। क्या हो गया है यह तो उन मनमथ बाबू से पूछ जिनकी आँखों गें तेरी बात छिड़ते ही सौ सौ दीप जल उठते हैं।"

कामिनी से कुछ कहते नहीं बना। फिर बहुत सोचकर बोली, "वह तो मुझसे कुल दो बार मिले हैं।"

"जो होना होता है पहली नजर में ही हो जाता है।" शन्नो जीजी ने फुटपाथी साहित्य से प्राप्त प्रेम-दर्शन दुहराया, "जब मनमथ बाबू वहाँ टैक्सी से उतरकर हम लोगों की ओर बढ़ रहे थे मैं तो तभी समझ गयी थी।"

"क्या?"

"तेरा ब्याह और क्या।" शन्नो जीजी मुस्कराई, "कितनी भोली है री तू! हर बात में क्या, क्यों, पूछती रहती है। कल उसने आने को कहा है न? कल तू खुद समझ जाएगी।"

शन्नो जीजी ने राजदां वाले अन्दाज में मनमथ बाबू को 'उस' सर्वनाम से विभूषित किया कि कामिनी के तन-मन में हलचल-सी मच गयी। उसे महसूस हुआ कि एक आकर्षक-से अपराध के षड्यन्त्र में वह और शन्नो जीजी शामिल हो चुके हैं।

रात को डाइनिंग टेबल पर वह बार-बार पिताजी के समक्ष अपराध स्वीकार करने को हुई। हर बार उसे यही अनुभूति हुई कि यह अपराध शब्दों में बाँधा नहीं जा सकता। कम-से-कम उन शब्दों में तो हरगिज नहीं जिन्हें पुत्री अपने पिता के सामने उचार सके। भोजन के बाद डॉक्टर राज ने सिगार सुलगाया और रोज की आदत के मुताबिक शन्नो से पूछा, "और आज की ताजा खबर?" घर-परिवार से डॉक्टर साहब का थोड़ा-बहुत सम्बन्ध-सूत्र इसी एक प्रश्न के जरिए जुड़ता आया है और वह इसका संक्षिप्ततम उत्तर पाना ही पसन्द करते रहे हैं।

शन्नो ने बताया, "चन्द्रप्रकाश जी और मनमथ बाबू आये थे चाय पर।"

"बिना बुलाये?"

"नहीं मैंने आमन्त्रित किया?"

"दोनों को? या सिर्फ एक को?"

"मामाजी, बुलाया तो मैंने सिर्फ मनमथ बाबू को ही था। वही चन्द्रप्रकाश जी को साथ लेते आये।"

"गोया इस मामले में वह आपसे ज्यादा अक्लमन्द हैं।" डॉक्टर

साहब ने धुएँ का गुब्बार छोड़ा, "फिर क्या हुआ? सुन्दर राजकुमार मनमथ प्रणयपुष्प निवेदित कर गये?"

"वैसा अगर करेंगे तो आपकी अनुमति लेकर ही करेंगे।"

"बहरहाल शन्नो देवी की अनुमति शायद उन्हें मिल ही चुकी है।" डॉक्टर साहब ने बातचीत खत्म करने के अन्दाज में कहा, "आइन्दा उनसे किसी ऐसे वक्त तशरीफ लाने को कहिएगा जब मैं घर पर मौजूद रहूँ। उनसे बताइएगा कि आपके मोहक स्वरूप से परिचित होने के लिए डॉक्टर राज बेताब हैं।"

कामिनी के मन में आया कि पिताजी को यह बता दे कि मनमथ बाबू कल आने वाले हैं। फिर उसने रोचा कि शन्नो जीजी खुद ही बता देंगी। जब उन्होंने नहीं बताया तो यह सोचकर अपने को समझा लिया कि बताकर होगा भी क्या, तीसरे पहर पिताजी किसी हालत में घर आ नहीं सकते। मनमथ बाबू को बता दूँगी कि पिताजी आपसे मिलना चाहते हैं, वक्त तय करके आ जाएँ। बस। फिर भी रात देर तक उसे नींद नहीं आयी और कोई कोंच-कोंचकर उससे कहता रहा, "तू अपने पिता को धोखा दे रही है।"

●●

अगले दिन डॉक्टर राज तड़के ही एक इमरजेंसी केस देखने चले गये और फिर वहीं से अपने दवाखाने। इसलिए कामिनी का धर्मसंकट गहन नहीं हो पाया और ठीक जब चार बजे मनमथ ने आकर बहुत स्नेह से उसका हाथ पकड़ा और आग्रहपूर्वक उसे सोफे में अपने पास बैठाया तब वह धर्म संकट एक सुखद घबराहट की वेगवती धारा में तिरोहित हो गया।

"मैं शन्नो को बुला लाऊँ।" कामिनी ने धड़कती खामोशी का तनाव आखिर किसी तरह तोड़ा।

"रहने दीजिए।" मनमथ बाबू ने सुनहरे केस से सिगरेट निकाली ठोक बजाकर उसे लाइटर से सुलगाया और ऐन हीरो स्टाइल से कश लेकर धुआँ छोड़ा "मैं आज आप से बातें करने आया हूँ। आप शन्नो जी को बुलाने जाएँगी तो भी वह नहीं आएँगी। वह समझदार हैं।"

कामिनी चुपचाप बैठी रही और घबराहट को छिपाने के लिए अपनी

चूड़ियों से खेलने लगी। इस पर मनमथ बाबू ने न सिर्फ कामिनी की चूड़ियों की तारीफ में कुछ शब्द कहे बल्कि चूड़ियों के सम्बन्ध में अपने अनुभव और अध्ययन के आधार पर एक अच्छी-खासी रम्य-रचना भी प्रस्तुत कर डाली। इसमें नये-पुराने कवियों की पंक्तियाँ भी यहाँ वहाँ बिखरी पड़ी थीं। कामिनी विद्वत्ता के उस प्रदर्शन से इतना प्रभावित हुई कि उसे पता ही नहीं चला कि चूड़ियों की तारीफ करने वाले ने कब उसकी कलाई पकड़ ली। जब इसका अहसास हुआ तब इतनी शर्म आयी कि हाथ छुड़वाना और भी अधिक शर्मनाक मालूम होने लगा।

कुछ देर तक खामोशी बनी रही। फिर मनमथ बाबू ने जितनी लापरवाही से हाथ पकड़ा था, उतनी ही लापरवाही से छोड़ दिया। फिर कमरे में चहलकदमी करते हुए और कुछ नाटकीय से अन्दाज में कभी इधर कभी उधर और कभी सहसा रुक कर एकटक कामिनी की ओर देखते हुए उन्होंने एक लम्बी दास्तान शुरू की, "जीवन के उतार-चढ़ावों की, मानव के प्रति मानव की अधमता की एक मार्मिक कथा जिसका बेचारा नायक मनमथ कुमार नाम का नौजवान था जिसने खुद्दारी के तकाजे निभाते हुए दुनिया में ऊँचे उठने की कोशिश की और अक्सर बुलन्दियों को छू भी सका मगर हर बार धोखाधड़ी ने उसे धराशायी कर दिया। वह सारी दुनिया में एक ही चीज की खोज में भटकता रहा है और यह कैसा संयोग है कि वह चीज वर्षों बाद अपने ही शहर लौटने पर उसे अनायास मिल गयी है। नेकी। कुमारी कामिनी के राज्य में यह दुर्लभतम गुण साकार हो उठा है।

मनमथ की व्यथा-कथा सुनकर कामिनी का मन भर आया लेकिन अपनी यह प्रशंसा उसे अतिशयोक्तिपूर्ण मालूम हुई। उसने कहा, "मुझमें कोई गुण नहीं है।"

मनमथ बाबू ने नाटकीय स्वर छोड़कर फिर अनौपचारिक स्वर अपना लिया और कामिनी ने पास बैठकर उसका हाथ फिर अपने हाथ में लेते हुए कहा, "अपने गुणों को न जानना भी गुणवानों का गुण होता है।"

थोड़ी देर दोनों चुप रहे। फिर कामिनी कनखियों से देखने की कोशिश में निगाहें मिला बैठी और मनमथ बाबू चोरी पकड़ते हुए मुस्करा दिये। फिर उन्होंने कामिनी के हाथ को मुक्ति देते हुए कहा लीजिए मैंने अपनी आँखें मींच ली हैं। अब आप जो देखना चाहें देखें और

जो कहना चाहें कहें। कुछ कहें तो जरूर क्योंकि यह सारी बातचीत एकालाप बनती जा रही है और मैं आपसे कुछ सुनने आया हूँ।

उसके बार-बार आग्रह करने पर कामिनी को अपने बारे में सब कुछ बताना पड़ा और जैसा कि वह शुरू में ही कह चुकी थी यह सब कुछ दरअसल कुछ नहीं के बराबर था। बी.ए. के बाद पढ़ना छोड़ दिया। कढ़ाई और सिलाई-बुनाई का काम अच्छा लगता है। संगीत सुनने का शौक है। किताबें पढ़ना चाहती हूँ मगर सिर दुखने लगता है। अशोक कुमार वाली फिल्में अच्छी लगती हैं। खाना बनाने का शौक है मगर इसका मौका कम ही आता है।

मनमथ बाबू आँखें मूँदे हुए इन मामूली बातों को मनोयोग से सुनते रहे। उन्होंने कामिनी की हर पसन्द की दाद और हर नापसन्द को जायज ठहराया। उसके बाद आँखें खोल कर उन्होंने कहा, "कामिनी जी आपका सबसे बड़ा गुण है—सहजता। मैं खुद तमाम अच्छे-बुरे अनुभवों के मध्य अपनी सहजता की रक्षा के विषय में सचेत रहा हूँ। इसलिए मैं आपकी इस नैसर्गिकता से बहुत प्रभावित हुआ हूँ।"

मनमथ बाबू ने घड़ी की ओर देखा और आज्ञा माँगी। दरवाजे की ओर बढ़ते हुए वह कोई मधुर सी धुन गुनगुनाने लगे।

कामिनी ने कहा, "आप बहुत अच्छा गा लेते हैं।"

वह बोले, "गाता क्या हूँ रेंक लेता हूँ। खैर किसी दिन सुनाऊँगा लेकिन इस शर्त पर कि पहले आप सुनाएँ। आपने कहा था न कि आपको संगीत का शौक है। तो सुनाएँगी न?"

"यह तो हो ही नहीं सकता। मैंने आज तक किसी के सामने नहीं गाया है।"

"अब आप देखती रहिए, जो-जो आपकी समझ से आज तक हो ही नहीं सकता था, वह-वह सब होने लगेगा...अपने आप, धीरे-धीरे, समझती हैं न?"

कामिनी जो कुछ समझ सकी वह उसे दम साधे, आँखें मूँदे ठगे-से खड़े रह जाने को मजबूर कर गया। जब उसने आँखें खोलीं तब वह बाहर पोर्टिको से बाई-बाई कर रहा था।

इतने में ही शन्नो जीजी बैठक में आ गयीं और सारी तफसील पूछने लगीं। कामिनी को प्रेम से साक्षात के इस पहले अवसर को संवाददाताओं वाली शब्दावली में बाँधना बहुत ओछा मालूम हुआ। शन्नो जीजी ने

उसकी इस झिझक को सर्वथा स्त्रियोचित ठहराया लेकिन साथ ही यह भी कहा कि कामिनी अपना राज जब चाहे उन्हें निश्शंक बता सकती है। इस सारे व्यापार में वह पूरी तरह कामिनी के साथ है। कामिनी ने यह महसूस किया कि राज अगर किसी को बताना चाहिए तो पिताजी को। मगर उन्हें यह सब कैसे बताया जा सकता है? जो हो, यह तो बता ही देगी। यह फैसला कर के कामिनी पिताजी के इन्तजार में बाहर ही बैठी रही, ज्यों ही वह कार से उतर कर अपने कमरे की ओर बढ़े कामिनी लपक कर उनके रास्ते में आयी और घबरा कर बोली :

"पिताजी आज वह आये थे।"

डॉक्टर साहब ने स्टेथेस्कोप से देखते हुए पूछा, "याने वह?"

"जी वह, वह हमारे मनमथ बाबू।"

"हमारे माने? तुम्हारे और शन्नो के? खूब। आये थे तो इतनी परेशान और घबराई हुई क्यों दिखती हो? क्या वह कोई हौवा है? अच्छे-खासे सुन्दर राजकुमार बने हुए हैं। जी हाँ, जी नहीं।"

"तो कुमारी जी हाँ, जी नहीं, आप लोगों के सुन्दर राजकुमार ने आप लोगों से कोई सुन्दर बात कही कि नहीं?"

कामिनी इतनी आश्वस्त हुई कि वह कह बैठी, "शायद आगे कभी कहें।"

डॉक्टर साहब ने गम्भीर होकर पूछा, "आप लोगों ने उन हजरत से मुझसे मिलने के लिए नहीं कहा।"

डॉक्टर साहब ने अपनी मुद्रा फौरन बदली और नटखट स्वर में बोले, "बहुत भुलक्कड़ होती जा रही हो। ऐ अच्छा अब जाओ।"

कामिनी खुशी-खुशी चली गयी। उसे क्या पता था कि डॉक्टर बीर.डी. राज अपनी मूरख लड़की की इस नयी मूर्खता के विषय में कुछ-कुछ चिन्तित होने लगे हैं। उन्हें मनमथ फूटी आँखों नहीं सुहा रहा है। उसके विरुद्ध पड़ने वाली कोई बात वह बता नहीं सकते लेकिन उन्हें विश्वास है कि जाँच-पड़ताल करने पर ऐसी एक नहीं सैकड़ों बातें मालूम हो सकेंगी। आजतक किसी व्यक्ति के बारे में डॉक्टर राज का अनुमान गलत साबित नहीं हुआ है और मनमथ उन्हें पहली ही नजर में एक शिष्ट लफंगा मालूम पड़ा। खैर, तो भी हाय-तोबा मचाने की कोई जरूरत शायद नहीं है कामिनी जैसी नीरस बोदी लड़की ऐसे चक्करों में कभी फँस ही नहीं सकती। तो भी इस लफंगे के बारे में कुछ पूछ-ताछ

करनी होगी, डॉक्टर बी.डी. राज ने इस आवश्यकता को अपने दिमाग के एक कोने में दर्ज कर लिया।

●●

डॉक्टर राज ने अपनी बेटी की 'मूर्ख भावुकता' को बीमारी का दर्जा दिया और बाकायदा जाँच-पड़ताल शुरू की। मनमथ नाम के जिस 'कीटाणु' के कारण यह बीमारी फैली थी उसके बाबत पूरी जानकारी हासिल करना जरूरी था। लेकिन पूछताछ करने पर महज इतना पता चल सका कि मनमथ बाबू के बारे में किसी को कुछ पता नहीं है। या यों कहिए कि वही पता है जो मनमथ बाबू ने खुद बताया है। अलग-अलग लोगों से हीरो मनमथ के जीवन के नाटकीय उतार-चढ़ाव, काव्यात्मक धूप-छाँव के अलग-अलग किस्से सुनने को मिले और डॉक्टर साहेब इसी नतीजे पर पहुँचे कि 'एक लफंगे ने अपने हुस्न का सहारा लेकर मेरी अबोध बिटिया का मजाक उड़ाया है।' कसमियाँ तौर पर यही कहा जा सकता है कि मनमथ बाबू ने कॉलेज की पढ़ाई पूरी करने के बाद अपने बाप की जमापूँजी किसी 'बिजनेस' में गँवा दी और फिर घर से भाग खड़े हुए। कोई बारह वर्ष बाद लौटे हैं और अपनी गरीब विधवा बहन के घर में जमे हुए हैं। उन्हें किसी अच्छी 'बिजनेस' की तलाश है, मगर फिलहाल शायद डॉक्टर राज की अपार सम्पदा की उत्तराधिकारिणी कामिनी के प्रेमी और पति बन जाने की योजना में ही 'बिजी' हैं।

डॉक्टर राज को यह जरूरी मालूम हुआ कि मनमथ से खुद मिलें और उसकी 'कथा-सरित-सागर' उसके श्रीमुख से खुद सुनें। लिहाजा शन्नो से उन्होंने मनमथ को रात के खाने पर बुलाने को कहा। मनमथ बाबू आये—अपनी सबसे श्रेष्ठ वेशभूषा और अपना सबसे शिष्ट आचरण धारण किए हुए। खाने की मेज पर उन्होंने उतनी ही और वैसी ही बातें कीं जितनी और जैसी अच्छा प्रभाव छोड़ने के लिए आवश्यक समझी जा सकती थीं। डॉक्टर साहेब को यह 'प्रभाववाद' निहायत ही बनावटी मालूम हुआ। डॉक्टर साहेब का खाने के बाद सामने लान पर टहलने का नियम था। वह मनमथ बाबू को साथ ले गये। उसके प्रवासी जीवन के विषय में कुछ प्रश्न किए और उत्तर बहुत दिलचस्पी से सुने। डॉक्टर साहेब कई बार विदेश-यात्रा कर चुके थे और ब्रिटेन तथा अमेरिका में

तो उन्हें काफी अर्से तक रहने का मौका भी मिला था। इसलिए मनमथ बाबू के उत्तरों के उत्तर में कोई नया प्रश्न दाग देना उनके लिए आसान था। डॉक्टर साहेब ने अनुभव किया कि मनमथ बाबू निहायत लापरवाह अन्दाज से जवाब भले ही दे रहे हों, भीतर से बहुत चौकन्ने हैं, बल्कि यह लापरवाही ही उनके चौकन्ने होने की निशानी है क्योंकि इसके सहारे वह ब्योरे की उन बातों को नजरअन्दाज करते जा रहे हैं जिनसे झूठ पकड़ा जा सकता हो। डॉक्टर साहेब ने तय पाया कि वह आदमी परले दर्जे का धूर्त है, यह विदेशों में या तो रहा ही नहीं है और अगर रहा भी है तो सिर्फ लन्दन में और वहाँ भी किसी छोटी-मोटी नौकरी में, बड़ी बिजनेस में नहीं। मगर साथ ही उन्होंने यह भी महसूस किया कि इस निर्णय को वह युक्तिसंगत ठहरा नहीं सकते।

डॉक्टर साहेब से बातचीत करने के बाद मनमथ बाबू कामिनी से विदा लेने पहुँचे। मुस्कराते हुए बोले, "मुझे नापास कर दिया।"

कामिनी ने पूछा, "किसने?"

"आपके पिताजी ने। अद्भुत जीव हैं।"

"क्यों, आपसे कुछ कहा उन्होंने?"

"उन्होंने कहा कुछ भी नहीं, मगर मैं समझ सब कुछ गया।"

"शायद आप गलत समझे हों।"

"गलतफहमी का शिकार होना मेरी आदत में शुमार नहीं। आप उनसे पूछेंगी तो वह यही कहेंगे कि आदमी अच्छा नहीं है!"

"तब तो मैं उनसे पूछूँगी ही नहीं।"

"मगर पूछिए। आपको मेरी तरफदारी का मौका मिलेगा।" मनमथ बाबू ने मायूसी से मुस्कराते हुए कहा, "क्या आपको पिताजी की गलतफहमी दूर करना अच्छा नहीं लगेगा?"

"मैं पिताजी की कोई बात नहीं काटती।"

"वह मुझे गाली देंगे तब भी मुँह नहीं खोलेगी?"

"पिताजी ने आज तक किसी को गाली नहीं दी और आपको तो वह अभी जानते भी नहीं ठीक से।"

"जान जाएँगे तब देंगे?" मनमथ बाबू मुस्कराये।

कामिनी झेंप में ही यह कहने का साहस कर गयी, "तब गाली नहीं देंगे, आशीर्वाद देंगे।"

"और आप? आप क्या देंगी?"

"मैं?" कामिनी ने कहा और इससे आगे क्या कहे कुछ समझ में ही नहीं आया। हारकर यह कह बैठी, "बताया नहीं जाता।"

"मनमथ बाबू ने बहुत ही लाड़ से उसे चपत लगाते हुए कहा, "और बताने की कोई जरूरत नहीं होती।"

कामिनी चित्रलिखित-सी खड़ी रह गयी और विदा लेते हुए मनमथ बाबू के अभिवादन का उत्तर देना तक भूल गयी।

●●

डॉक्टर अपनी पुत्री के भविष्य के विषय में चिन्तित रहने लगे। मनमथ के खिलाफ वह कोई सबूत नहीं जुटा पाये थे और उनके लिए यह कह सकने का भी कोई ठोस आधार नहीं था कि मनमथ उनकी बिटिया को प्रेमपाश में बाँध रहा है। और चलिए बाँधने की कोशिश कर भी रहा हो, बिटिया कौन बँधी जा रही है? कामिनी मूर्ख और भावुक भले ही हो, आज्ञाकारिणी भी है। पिता की मर्जी के खिलाफ वह कुछ नहीं करेगी। लेकिन सवाल यह था कि मनमथ में जो खामियाँ हैं वे कामिनी को कैसे दिखाई जाएँ? आखिर बुद्धू कामिनी को वह पैनी दृष्टि कहाँ से मिले जिसके सहारे डॉक्टर साहेब लिफाफा देखकर खत का मजमून भाँप लेते हैं? सबसे बड़ी दिक्कत यह थी कि कामिनी खुद मनमथ बाबू का प्रसंग उठा ही नहीं रही थी। शन्नो भी इस मामले में कतई मौन थी। डॉक्टर साहेब यह मानने को तैयार नहीं थे कि मनमथ उस रात के बाद कभी घर आया ही न होगा। जरूर शन्नो ने कामिनी से इस बारे में चुप रहने के लिए कहा होगा। डॉक्टर साहेब को शन्नो पर गुस्सा आने लगा लेकिन गुस्सा प्रकट करके अपने को ओछा बनाना उन्हें नागवार गुजरा। उन्हें कामिनी की मासूमियत भी बहुत अखरी कि इतनी आसानी से शन्नो के रचे हुए इस नाटक की नायिका बनने को तैयार हो गयी।

कुछ हफ्तों तक डॉक्टर साहेब जब्त किए रहे। फिर एक दिन शन्नो को बुलाकर उन्होंने कहा, "आजकल तुम्हारी न्यूज एजेन्सी कोई खबर ही नहीं दे रही है। क्या मामला है? पहले तो रोज कुछ-न-कुछ खबर तुम्हारे पास होती थी। अब बताने को तुम्हारे पास यही रह गया है कि आज नल दो घंटे बन्द रहे या आज बिल्ली दूध पी गयी।"

"बताने को जब कुछ हो तो बताऊँ मामाजी।"

"क्या मनमथ बाबू का हफ्ते में चार दिन यहाँ आना कुछ भी नहीं है?" डॉक्टर साहेब ने अनुमान को तथ्य का दर्जा दे डाला।

"हफ्ते में चार दिन?"

"चार नहीं तो तीन, तीन नहीं तो पाँच। इस तीन-पाँच में रखा भी क्या है? लेकिन कोई घर में आया करे और मुझे खबर भी न हो।"

"मैं किसी के राज की बात नहीं कह सकती।"

"आप किसकी राजदाँ हैं भला? क्या कामिनी ने आपको कसम दिला रखी है?"

"कामिनी से मेरी इस बारे में कोई बात इधर नहीं हुई।"

"गोया आप मनमथ बाबू की राजदाँ हैं? उनसे आपका कोई गुप्त समझौता है?"

"आप कैसी बातें कर रहे हैं मामाजी! मनमथ बाबू जमाने के सताए हुए आदमी हैं मुझे उनसे हमदर्दी भर है।"

"जमाने ने उन्हें कैसे सताया, यह जान सकता हूँ?"

"आप उनसे कभी मेहरबान होकर पूछें वह खुद बता देंगे। वह तो करुणा के भूखे हैं। उन्हें करुणा दीजिए और वह आपके लिए कुछ भी करने को तैयार हो जाएँगे।"

"तो मैं उन्हें करुणा देता हूँ और कामिनी को छोड़ देने का अनुरोध करता हूँ।" डॉक्टर साहेब ने ठहाका लगाया, "और आप शन्नो देवी मेहरबानी करके उन्हें अपनी हमदर्दी देना छोड़ दें। आपके मनमथ बाबू जिस करुणा के भूखे हैं उसका खजाना फिलहाल मेरे पास है।"

शन्नो ने तुनककर कहा, "मामाजी एक अभागे आदमी का यों अपमान करना आपको शोभा नहीं देता।"

"बहरहाल जिस तरह शोभा देता हो उस तरह मेरा सन्देश उन तक पहुँचा दिया जाए। यह भी उन्हें बता दिया जाए कि उनके भविष्य के बारे में मैं भी बहुत चिन्तित हूँ और उनके मामले पर बराबर निगाह रखूँगा।"

"मनमथ बाबू स्वाभिमानी व्यक्ति हैं। वह किसी की मदद नहीं लेना चाहते। वह कहते हैं अपना हाथ जगन्नाथ।"

"जी हाँ। और अपना रूप, अपना रंग, सुविधापूर्ण प्रेम-प्रसंग और अपनी तिकड़म, अपनी चाल, बैठे-ठाले मालामाल। मनमथ बाबू तो

अपनी तारीफ में बहुत-कुछ कह सकते हैं", डॉक्टर साहेब ने सिगार को जिबह करते हुए कहा और फिर उसे सुलगाने और कश लगाने के बाद बोले, "अगर वह बाहर जाकर कहीं बिजनेस करना चाहें तो मैं उनकी मदद कर सकता हूँ।"

"वह भटकते-भटकते थक गये हैं," शन्नो ने थियेटरी अन्दाज में कहा, "अब वह कहीं नहीं जाना चाहते। यहीं किस्मत आजमाएँगे।"

डॉक्टर साहेब मुस्कराये, "यहीं डॉक्टर राज के घर में? यह उनकी बदकिस्मती है।"

●●

विचित्र किन्तु सत्य कि शन्नो को मामाजी की यह नाराजगी अच्छी लगी। प्रेम-कथाओं में पिताओं को नाराज होना ही शोभा देता है। अब मनमथ-कामिनी प्रसंग एक निर्णायक और नाटकीय मोड़ पर पहुँच सकेगा। पहले उन्होंने कामिनी को इस मोड़ के लिए तैयार किया। उसे मामाजी ने अपनी बातचीत के बारे में तो कुछ नहीं बताया, मगर आमतौर से प्रेम की महिमा बखानी, प्रेमियों की परीक्षा के प्रसंग सुनाये और प्रेमिका के लिए कायरता को सबसे बड़ा दोष ठहराया। शन्नो जीजी सदा की भाँति पुराणों और उपन्यासों का विस्तार से हवाला देती रहीं। उनके प्रेमहीन, प्रेमीहीन जीवन ने उन्हें सारी सृष्टि को प्रेममय मान सकने वाली मासूमियत प्रदान की थी। उनकी कल्पनाओं में सभी आख्यानों के नायक एक विराट अस्ति में घुलमिल गये थे और उस अस्ति का तत्त्व उन्हें मनमथ बाबू में प्रतिबिम्ब हुआ दीख रहा था। प्रेम की इस मूरत की पूजा करने में वह लौकिक दृष्टि से अपने को असमर्थ पाती थीं। इसीलिए अपने मन को कामिनी की काया में प्रतिष्ठापित कर देना चाहती थीं। उन्हें अफसोस हो रहा था कि कामिनी दिमाग के ही नहीं, मन के मामलों में भी कतई बुद्धू है। इसीलिए सारा संसार तज के प्रेमनगर में घर बसाने का शास्त्र उन्हें इतने विस्तार से समझाना पड़ रहा था।

यों कामिनी इस पाठ को अब पहले से अधिक अच्छी तरह समझने लगी थी। ज्यों-ज्यों वह मनमथ के नजदीक आयी थी प्रेम से उसका अजनबीपन घटता जा रहा था। यह शायद प्रेम ही तो था जिसने उस

दिन वहाँ मोंगरे के झाड़ के पीछे चुपके से आकर उसकी आँखों को गदोलियों में कैद कर लिया था और जब उसने अपनी निगाहों पर से इस पर्दे को हटाया तब बहुत देर तक दो हाथ दो हाथों से बँधे रह गये थे। और उस दिन जब मनमथ बाबू के बहुत आग्रह करने पर उसने पियानो पर एक फिल्मी दोगाने की धुन निकाली थी और फिर साहस करके दबी-दबी आवाज में गाना भी शुरू कर दिया था और मनमथ बाबू के और पियानो के स्वरों से अलग और ऊपर एक धड़कता हुआ स्वर जो गूँजा था वह शायद प्रेम ही का तो था। और उसकी कापी में उसी की लेखनी से उसी के हस्ताक्षरों में उस रात जो वह विचित्र पंक्ति लिख गया था : 'चाँद के कई-कई नाम हैं पर एक नाम ऐसा है जो मैं किसी को नहीं बताती।' वह क्या प्रेम नहीं था? और निर्जीव तकिए पर कुछ फुसफुसाने के लिए जो एक अदृश्य कान स्थापित कर जाता है वह? और जो क्रोशिए से उसकी निगाहें बार-बार हटाकर कभी फूल पर मँडलाती तितली पर, कभी फव्वारे की सतरंगी फुहार पर, कभी पक्षियों के जोड़े पर और कभी एक नील स्वप्निल आकाश पर जमा जाता है, सो?

कामिनी सुन भी रही थी और सोच भी रही थी। इस क्षण उसे सब कुछ बहुत अच्छा मालूम हो रहा था : प्रेम के बारे में जीजी का बेतुका प्रवचन भी। कहीं उसके मन में यह भाव भी उदय हो रहा था कि इतना कुछ जानते हुए भी जीजी कुछ नहीं जानती। कोई कुछ नहीं जानता। वह खुद भी शायद नहीं जानता। कोई है जो जानता है और किसी अनदेखे जादुई क्रोशिए से उसके लिए चुपचाप, चुपचाप, एक सुखद रहस्य बुनता चला जा रहा है। और कामिनी इस तथ्य को जानकर वह दब्बू, बुद्धू कामिनी नहीं रह गयी है। कुर्बानी से वह नहीं डरती। शन्नो जीजी को क्या पता?

बहरहाल शन्नो जीजी यह देखकर खुश हुई कि कामिनी ने उनकी वार्ता बहुत ध्यान से सुनी और क्रोशिए पर जमी हुई उसकी निगाहों में अक्सर वह चमक प्रकट हुई जो विद्वानों द्वारा प्रेम की साक्षी ठहराई गयी है। शन्नो जीजी ने योजना का दूसरा चरण मनमथ बाबू को डॉक्टर साहेब का सन्देश कुछ और भी अधिक अपमानजनक भाषा में सुनाकर पूरा किया। यही नहीं उन्होंने बिचारी कामिनी के प्रति मामाजी की निष्ठुरता पर जमकर अश्रुपात भी किया। मनमथ बाबू को शन्नो

जीजी की इस नाटकीयता से कोफ्त होने लगी मगर वह भी यह मानने को मजबूर हुए कि नाटकीय क्षण प्रस्तुत हो चुका है। ज्योंही उन्हें यह ज्ञान हुआ उन्होंने नाटकीय स्वर में घोषणा की, "ठीक है तो मैं इस घर से सदा के लिए विदा लेता हूँ। आप कामिनी से कह दीजिएगा कि मुझसे मेल-जोल बढ़ाकर अपने घर से बेगानी न बने।"

कामिनी उस समय रसोई में मनमथ बाबू के कुछ मनपसन्द पकवान बनाने में व्यस्त थी। नायिका की गैरहाजिरी में नायक का यों उठकर चला जाना शन्नो जीजी को अति-नाटकीय मालूम हुआ। चिरौरी भरे स्वर में बोली, "उस बिचारी से मिलते तो जाइए एक बार।" लेकिन मनमथ बाबू न रुके, न मुड़े और कोठी के अहाते से बाहर हो गये। तभी कामिनी यह कहने लान में आयी कि भीतर चाय लग चुकी है। उसने मनमथ बाबू को अनुपस्थित तथा शन्नो जीजी को अन्यमनस्क पाया। शन्नो जीजी ने पहले तो मौन साधे रखा और फिर कामिनी को पास बिठाकर लगभग रुआँसे स्वर में मनमथ माबू के अपमान का किस्सा सुनाया :

'मामाजी ने उनकी गरीबी का मजाक उड़ाया है। वह अब कभी इस घर में नहीं आएँगे। उन्होंने कहा है कि तू उनसे मेल-जोल बढ़ाकर अपने को इस घर से बेगाना न बना।' जीजी की यह बात सुनकर कामिनी के मन में बसी मनमथ की मूरत कुछ और निखर उठी। 'मनमथ बाबू स्वाभिमानी हैं। मनमथ बाबू उसकी भलाई को अपने प्यार से भी ऊँची जगह देते हैं। लेकिन यहीं वह भूल कर रहे हैं। मेरा भला बस अब उनके प्यार से ही हो सकता है। पिताजी को जरूर कोई गलतफहमी हुई है। किसी ईर्ष्यालु ने उनके कान भर दिए हैं। लेकिन सब कुछ ठीक हो जाएगा अन्त में। सब कुछ! या ये खुशनुमा उम्मीदें भी उसी तरह धरी रह जाएँगी। जैसे इस वक्त इतने प्यार से बनाये हुए वे पकवान धरे रह गये हैं?'

कामिनी सोच में पड़ गयी। शन्नो जीजी की बातें, जिनमें पिता के प्रति विद्रोह करने की प्रेरणा छिपी हुई थी, वह सुनते हुए भी नहीं सुन रही थी। उसकी यह पीड़ा से विजड़ित मुद्रा देखकर शन्नो जीजी को एक विचित्र-सा सुख प्राप्त हुआ। नायक अपमानित होकर चला गया है और नायिका आहत हुई बैठी है। और अब? अब शन्नो को इस लीला का अगला अंक रचना है।

••

शन्नो जीजी अगले ही दिन चोरी-छिपे मनमथ बाबू से मिलने पहुँची। वह उनसे कुछ इस अन्दाज में मिले जैसे उनके यों आने के विषय में पूरी तरह आश्वस्त बैठे थे। बगैर किसी दुआ-सलाम के यही पूछा, "कामिनी ने कोई सन्देश भेजा है?"

शन्नो जीजी को प्रीति-व्यवहार में यह लुहार वाला अन्दाज पसन्द नहीं आया। बात को जमाने की गरज से विरहिणी नायिका का विस्तार से वर्णन देने लगीं कि जिस बिचारी की ऐसी हालत हो गयी है वह सन्देश भेजे तो कैसे? मनमथ बाबू के चेहरे पर खीझ के निशान गहराते जा रहे थे। अपनी आवाज में नरमी किसी तरह बनाये रखते हुए उन्होंने पूछा, "तो आप क्या सुझाव देती हैं?"

शन्नो जीजी की वाग्धारा ने एक नया मोड़ लिया और अपना सुझाव उन्होंने लम्बी-चौड़ी भूमिका के बाद प्रस्तुत किया : कामिनी और मनमथ बाबू घर से बाहर मिला करें। मनमथ बाबू ने इस सुझाव को लागू करने की जिम्मेदारी शन्नो जीजी पर छोड़ दी। फिर शन्नो जीजी ने यह प्रस्ताव कामिनी के सामने रखा लेकिन कामिनी को बात पसन्द नहीं आयी। उसने कहा, "मनमथ बाबू मिलने के लिए यहीं आ जाएँ। कुछ गलतफहमी हुई है। गलतफहमी दूर कराने का जिम्मा मैं लेती हूँ।" तो शन्नो जीजी फिर मनमथ बाबू से मिलने पहुँची और मनमथ बाबू ने कामिनी का मन रखने के लिए अपना मन मार कर सिर्फ एक बार कोठी में आने का वचन दिया। शन्नो जीजी ने मन ही मन इस बात पर अफसोस मनाया कि उनकी शिष्या घर से बाहर के अभिसार का महत्त्व नहीं पहचानती। कोठी से बाहर मुलाकात की व्यवस्था करने में कितना जोखिम भरा सुख प्राप्त होता।

मनमथ बाबू अपने वायदे के मुताबिक हाजिर हुए। कामिनी उन्हें ड्राइंग रूम के पास अपने स्टडीरूम में लिवा ले गयी और पुराने एलबम दिखाने लगी मानो वह पिताजी वाले प्रसंग पर बात ही नहीं करना चाहती थी और यह मान कर चलना चाहती थी कि इस बीच कुछ भी नहीं बदला है। मगर मनमथ बाबू ने सहसा एलबम बन्द करते हुए कहा, "अब हमें कुछ न कुछ फैसला कर लेना चाहिए।" कुर्सी से उठ कर उन्होंने हथेली से अपने बालों को सँवारा, फिर टाई की दुरुस्त

गाँठ को कुछ और दुरुस्त किया और अपना बयान जारी रखते हुए कहा, "मैं तुम्हारे बिना नहीं रह सकता और तुम्हारे पिताजी को मैं फूटी आँखों नहीं सुहाता।"

कामिनी चुप बैठी रही। प्यार की इतनी स्पष्ट स्वीकारोक्ति पहली बार हो रही थी और मनमथ बाबू उसके लिए 'आप' की जगह 'तुम' कह गये थे। जैसे उसके मन के भाव लेते हुए उन्होंने कहा, "मैं आपको तुम कह बैठा, तुम्हें...आपको बुरा तो नहीं लगा?"

कामिनी ने आँखें मूँद लीं और सिर हिला दिया। उसकी मुँदी पलकों पर चुम्बन अंकित हो गये। उसने हिम्मत करके वह सुन्दर चेहरा अपने हाथों में ले लिया और कहा, "मुझे तुम कह कर ही पुकारो।"

जवाब में वह चेहरा बढ़ता ही आया और उसके होंठों पर अपने ओंठ रख कर ही रुका।

कामिनी के तनमन में हलचल-सी मच गयी और उसे लगा कि इस हलचल के बीच भविष्य के बारे में गम्भीर निर्णय कर सकना कठिन है। उसने अपना मुँह फेर लिया और कहा, "आप कुछ पूछ रहे थे न?"

"अब कुछ नहीं पूछना है। जवाब तुमने दे ही दिया है।" मनमथ ने अपनी अँगुलियों को उसके बालों में उलझाते हुए कहा।

कामिनी बोली, "हमें पिताजी से बात करनी चाहिए। मैं आज रात सबकुछ कह दूँगी। आप कल उनसे मिल लें।"

"यों तो तुम जैसी सुशीला रूपसी की बात भला कौन टाल सकता है, लेकिन पिताजी को मना सकना शायद तुम्हारे लिए भी आसान न हो। मुझे विश्वास है कि वह तुमसे कहेंगे मनमथ तुम्हें नहीं, तुम्हारी दौलत को चाहता है।"

"मैं उनकी गलतफहमी दूर कर सकूँगी, मुझे ऐसा विश्वास है।"

"कोई कर सकता है तो बस तुम ही।" मनमथ की बाँह कामिनी की कमर के गिर्द लिपट गयी।

"मुझे पिताजी के न कर देने का कोई डर नहीं है। लेकिन कहीं आप तो मुझ बेवकूफ से ऊब नहीं जाएँगे?"

"पगली!" मनमथ ने बाँह को कमर पर कुछ और कसते हुए मुस्कराकर कहा, "और जो मैं तुमसे पूछूँ कि पिताजी ना कर दें फिर भी तुम मेरी बनी रहोगी?"

कामिनी ने अपना सिर मनमथ के कन्धे पर टिका दिया। आँखें

मूँद लीं और कहा, "मैं आपके बिना नहीं रह सकती।"

मनमथ ने ठोड़ी पकड़कर उसका चेहरा उठाया और आँखों में आँखें डालते हुए कहा, "तुम वयस्क हो, अपनी मर्जी की मालिक। जो चाहोगी सो कर सकोगी।"

"अगर..." कामिनी अपनी तड़प को शब्द नहीं दे पा रही थी, "अगर सब कुछ शान्ति से हो जाए। मुझसे तनाव बर्दाश्त नहीं होता। मैं कमजोर हूँ।"

"तुम कमजोर नहीं हो। बहादुर हो। बहादुरी से काम लोगी तो सब कुछ शान्तिपूर्वक हो जाएगा।"

"तुम मुझे साहस दो।" कामिनी को इस 'तुम' पर क्षमा याचना करने का अवसर नहीं मिला। मनमथ के होंठ उसके होंठों पर थे और कमर के गिर्द बाँह पूरी कस चुकी थी। जो कुछ हो रहा था वह शायद औरों की दृष्टि से 'अनुचित' था मगर उस क्षण सर्वथा उचित मालूम हो रहा था। ऐसा 'अनुचित' कर पाना ही शायद उसके भीतर जन्मे नये साहस का लक्षण था। वह मनमथ के आतुर होंठों और अन्वेषक अँगुलियों की होकर रह गयी। वादी स्वर, कुतूहल संवादी स्वर, राग-काया का शाश्वत संगीत।

शन्नो जीजी ने जो खिड़की से देखा तो सोचा कि पुनर्मिलन का स्थल यहीं रखा गया तो अच्छा हुआ।

●●

उस रात कामिनी पिताजी के लौटने का बेताबी से इन्तजार करती रही। किसी केस में उलझ जाने के कारण वह काफी रात गये लौटे। भोजन के लिए मना कर दिया, थोड़ा फलाहार अपने कमरे में ही मँगवा लिया। जब नौकर बर्तन वगैरह लेकर बाहर आ गया तब कामिनी उनके पास गयी : "मुझे आप से कुछ कहना है पिताजी।"

"खुशी से कहो," डॉक्टर साहब ने सामने खुली हुई मोटी पोथी बन्द करते हुए कहा। लेकिन कामिनी कुछ भी नहीं कह सकी। एक लम्बी चुप्पी को तोड़ते हुए डॉक्टर साहब बोले, "हमारी बिटिया रानी कुछ कहने वाली थी न?"

कामिनी ने सहसा अपने को पिता से खिलौने की फरमाइश करती

हुई एक छोटी बच्ची महसूस किया : "हमारी शादी..." वाक्य बेतुका था मगर पूरा करना ही पड़ा, "...करा दीजिए।"

डॉक्टर साहब को हँसी आ गयी। हँसते हुए ही बोले, "जरूर अभी पंडित जी को बुलवाते हैं और गुणवन्ती कमिश्नर साहब के जिस सुपुत्र का जिक्र कर रही थी उन्हें बारात लाने के लिए फोन किए देते हैं।"

कामिनी बोली, "आप वह...उनसे...मतलब मनमथ बाबू से...बात कर लें।"

"इससे उसका क्या वास्ता?"

"हम लोग...मेरा मतलब है...हमने वादा किया है।"

"कैसा वादा?" डॉक्टर साहब की आँखों से क्रोध बरस रहा था। आश्चर्य कि इसी क्रोध ने कामिनी को साहस दिया। बोली, "शादी करने का।"

"किसी भोली-भाली बच्ची को फुसला कर लिए गये वचन का कोई मतलब नहीं होता।"

"मैं सयानी हो गयी हूँ।"

"हम भी यही मानते थे कि बिटिया रानी अब सयानी हो गयी है, भला-बुरा समझ सकती है। मगर देखते हैं कि अब कुछ और अक्ल उन्हें आनी है : ठोकरें खाकर।" डॉक्टर साहब ने कहा और फिर कुछ रुक कर पूछा, "यह बात और किसी से तो नहीं कही है?"

कामिनी ने सिर हिला दिया।

"बड़ी मेहरबानी।" डॉक्टर साहब बोले, "अच्छा अब किसी से कहने की जरूरत भी नहीं है। यह बात यहीं खत्म हो जानी चाहिए। हमें अफसोस है कि हमें पहले नहीं बताया गया।"

"मुझे डर था।"

"डर इसलिए था कि बिटिया रानी गलत काम कर रही थी।"

"नहीं पिताजी! मुझे डर था कि आप उनको पसन्द नहीं करेंगे।"

"आपका डर बेबुनियाद नहीं था। मैं मनमथ को निहायत घटिया आदमी समझता हूँ।"

"आप उन्हें जानते नहीं हैं।"

"और आप भी उन्हें जानती नहीं। उन्हें जानने से अगर किसी को दिलचस्पी हो सकती है तो उचक्कों के किसी सरदार को या पुलिस के किसी हाकिम को।"

"आप यह सब बगैर किसी सबूत के कह रहे हैं पिताजी। आपको किसी ने भड़का दिया है या शायद आपको गलतफहमी हो गयी है।"

"मुझे कोई भड़का नहीं सकता क्योंकि मुझे कोई फुसला नहीं सकता। भड़काया- फुसलाया तो तुम्हें जा रहा है।" डॉक्टर साहब का स्वर कठोर हो आया, "एक गलतफहमी अलबत्ता मुझे जरूर हुई मैं समझा था कि यह मेरा कमरा है, अब देखता हूँ कि यह अदालत का कठघरा है जिसमें मुझसे सबूत तलब किए जा सकते हैं।"

कामिनी रोने लगी। डॉक्टर साहब को अपनी भावुक बेटी की इस नादानी पर पहले गुस्सा आया फिर दया। काश, इसकी माँ जिन्दा होती और इन निहायत औरताना मामलों में इसे सही सलाह दे सकती। मैं भी तो इसकी ओर कुछ ध्यान दे नहीं पाया। कॉलेज में बी.ए. तक पढ़ लेने से, गाना-बजाना, सीना-पिरोना और एकाध विदेशी भाषा कामचलाऊ सीख लेने से ही तो अक्ल नहीं आ जाती। और फिर वह अक्ल जो लाखों की सम्पत्ति की उत्तराधिकारिणी में होनी चाहिए। इसे तो कोई भी बुद्धू बना सकता है, मनमथ जैसे घाघ के छल-प्रपंच से यह बेचारी भला क्या बच सकती है? डॉक्टर साहब इस नतीजे पर पहुँचे कि मामला नाजुक है और निपटारे के लिए नजाकत नफासत की माँग करता है।

लिहाजा उन्होंने अपने रूमाल से कामिनी के आँसू पोंछ डाले। बहुत प्यार से उसका कन्धा थपथपाया और कहा, "बिटिया रानी के लिए चश्मा बनवा देंगे ताकि हमारी तरह यह भी लोगों को ठीक-ठीक देख पहचान सके। फिलहाल बिटिया रानी हमारे ही चश्मे से काम ले। यों सम्भव है कि हमारे देखने में कुछ गड़बड़ हुई हो, इसलिए हम मनमथ बाबू से एक बार फिर मिलना चाहेंगे।"

●●

डॉक्टर साहब ने अगले ही दिन अपनी व्यस्तता के बावजूद मनमथ बाबू से मिलने के लिए कुछ समय निकाला। मनमथ बाबू की मौसमी बातों की उपेक्षा करते हुए उहोंने बगैर किसी औपचारिकता के पूछा, "आप कामिनी से मिलते-जुलते रहे हैं?"

"जी हाँ।" मनमथ बाबू ने मासूमियत से कहा, "और मैं समझता

हूँ कि इसकी आपको खबर रही होगी!"

"आपने खुद खबर देना तो जरूरी नहीं समझा।" डॉक्टर साहब ने मुस्करा कर कहा, "अब आप कामिनी से विवाह प्रस्ताव कर चुके हैं, इसकी भी खबर मुझे आपसे नहीं मिली।"

"मैं आपसे आशीर्वाद लेने विधिवत आता।"

"आपने सब कुछ बहुत विधिवत ही किया है।" डॉक्टर साहब ने बुझा सिगार सुलगाते हुए कहा, "मैं यह मानने को तैयार हूँ कि आप योजना-बद्ध ढंग से ही काम करते होंगे।"

मनमथ बाबू ने डॉक्टर साहब के व्यंग्य को विस्थापित करते हुए कहा, "इस प्रशंसा के लिए मुझे अवश्य ही आपका आभारी होना चाहिए।"

डॉक्टर साहब को न चाहते हुए भी मन ही मन इस लड़के की धूर्तता की दाद देनी पड़ी। पैंतरा बदलते हुए उन्होंने कहा, "इतने कम समय में आप कामिनी के इतने नजदीक आ गये—ताज्जुब है।"

"मुझे ताज्जुब है। लेकिन कभी-कभी ऐसा भी होता है कि पहली ही झलक में हमेशा के लिए बँध जाने की प्रेरणा मिल जाती है।"

"कहीं ऐसा तो नहीं है आपको यह प्रेरणा पहली झलक से भी पहले मिल चुकी हो?" डॉक्टर साहब ने मनमथ बाबू को शायराना अन्दाज की लँगड़ी देते हुए पूछा।

मनमथ बाबू बगैर विचलित हुए बोले, "मुझे अफसोस है कि आप अपनी दौलत को बहुत बड़ी चीज और अपनी बेटी को सख्त नाचीज समझते आये हैं।"

डॉक्टर साहब ने मुस्कराकर कहा, "मैं अपनी बेटी की खूबियों से अच्छी तरह परिचित हूँ, वह किसी बाहर वाले की वकालत की गरजमन्द नहीं। मेरा ख़याल है कि उसे ऐसी सुन्दर कह सकना बहुत मुश्किल होगा कि कोई पहली ही नजर में उसे अपना दिल दे बैठे।"

"आपकी और मेरी नजर में फर्क हो सकता है।"

"जी हाँ। और मैं आपकी नजर को ही नजर में रखना चाहता हूँ।"

"मुझे वाक्य पूरा करने की अनुमति दें। मैं कहना चाहता था कि सुन्दरता ही सब कुछ नहीं, सज्जनता भी तो कोई चीज है। और इस मामले में आपकी बेटी लाखों में एक है।"

"लाखों वाली एक कहिए तो ज्यादा मुनासिब होगा।" डॉक्टर राज ने कहा, "मुझे अफसोस है मगर आपकी बाबत मेरी जानकारी मुझे अपनी बेटी से यह कहने को मजबूर कर रही है कि वह आपसे मेल-जोल बन्द करे।"

"आपका यह फैसला उसका दिल तोड़ देगा और मेरा भी।"

"एक डॉक्टर की हैसियत से मुझे यह कहने दीजिए कि आपका दिल बहुत मजबूत है, उसके टूटने का कोई खतरा नहीं हो सकता। रही कामिनी, सो मैं समझता हूँ कि साल-छह महीने में वह भी स्वस्थ हो जाएगी।"

"आपका नजरिया मैं समझ सकता हूँ।" मनमथ बाबू ने दार्शनिक लहजे में कहा, 'आपका बेटी के भविष्य के बारे में चिन्तित होना स्वाभाविक है। आप यह मानकर चलते हैं कि आपकी बेटी से जो शादी करेगा उसकी दौलत के खातिर करेगा। आपकी बेटी को कोई यों भी चाह सकता है इसकी कल्पना आप नहीं कर पाते।"

"जब वह यों हैं ही नहीं, तब कल्पना करना फिजूल है। और आप यों ही हैं। इसकी आशंका करना वाजिब है।"

"जी नहीं। मुझे आपकी सुख-चैन की बेरोजगारी से आपत्ति है। मैं समझता हूँ कि आप उस किस्म के आदमी नहीं हैं जिससे किसी मूर्ख रईसजादी को शादी करनी चाहिए।"

"शादी किस्म से होती है या आदमी से?"

"किस्म आदमी की ही तो होगी। यह तो देखना ही होगा कि आदमी कैसा है? लड़की को वह क्या दे सकेगा?"

"क्या जिन्दगी भर का स्नेह भरा साथ देना ही काफी नहीं?"

"सो तो जिन्दगी बीत जाने पर ही तय हो सकता है। शुरू में तो कुछ स्थूल-सी बातों का ही विचार करना होता है। मैं यह मानता हूँ कि आप देखने-सुनने में अच्छे हैं, लेकिन हीरोनुमा होना ही अच्छा पति होने के लिए काफी नहीं है।"

"आप यो क्यों नहीं कहते कि आपको मेरी मोहब्बत पर शक है। आप यह मान बैठे हैं कि मेरी निगाह आपकी बेटी की दौलत पर है। मैं आपको यकीन दिलाना चाहता हूँ कि मैं ऐसी दौलत को ठोकर मारता हूँ।"

"आपके इस ऐब की मुझे खबर थी।" डॉक्टर साहब ने हँसकर कहा,

"आप अपने बाप की दौलत को ठोकर मार चुके हैं। मुझे कामिनी के लिए ऐसे पति की तलाश है जो दौलत की इज्जत कर सकता हो।"

"आप लफ्जों से नहीं, दो जिन्दगियों से खेल रहे हैं। मैं फिर जोर देकर दोहराना चाहता हूँ कि कामिनी के साथ घोर गरीबी में भी रहना मंजूर है।"

"धन्यवाद। उसकी नौबत नहीं आएगी।"

"मैं आपको कैसे यकीन दिलाऊँ कि..."

"कि आप अच्छे ऐक्टर हैं और फिल्मी डायलॉग खूब बोल लेते हैं।"

"आप मेरे प्रति सरासर अन्याय कर रहे हैं।" मनमथ बाबू ने निहायत ही संयत स्वर में कहा, "यही नहीं, आप कामिनी की भावनाओं का मखौल भी उड़ा रहे हैं।"

"इसकी शिकायत कामिनी मुझसे कर लेगी। वह मेरी बेटी है और मुझे विश्वास है कि आपके भड़काने के बावजूद वह मुझे गलत नहीं समझेगी।"

मनमथ बाबू मुस्कराये, "इसे आप मेरा खब्त कह लीजिए मगर मुझे भी उम्मीद है कि आपके भड़काने के बावजूद वह मुझे गलत नहीं समझेगी।"

"आप मुझे चुनौती दे रहे हैं।"

"मैं आपसे महज यह कहना चाह रहा हूँ कि सच्चा प्यार कभी हार नहीं सकता। आप चाहें मुझे खाक में मिला दें मगर कामिनी को मैं छोड़ने की कल्पना भी नहीं कर सकता।"

"पतंगा वगैरह वगैरह।" डॉक्टर साहब ने दाद देने वाले अन्दाज में झूमते-झामते कहा, "बहुत खूब। मगर आप तो खासे फायर-प्रूफ इन्सान मालूम होते हैं। इसलिए मैं बगैर किसी आध्यात्मिक कष्ट के आपसे यह अनुरोध कर सकता हूँ कि विरह की अग्नि का सेवन करें।"

"क्या आप अपनी बेटी के मुझसे मिलने-जुलने पर रोक लगा देंगे?"

"कामिनी कोई बच्ची नहीं जो उसे किसी बात से रोका जाए और न मैं कोई बम्बइया फिल्मों वाला बाप हूँ जिसे बेटी को बेड़ियाँ पहनाने का शौक हो। मैं उससे आग्रह भर कर सकता हूँ कि आपसे सम्बन्ध तोड़ ले।"

"वह आपके आग्रह की शायद ही रक्षा करे।" मनमथ बाबू ने स्वर में विडम्बना भरकर कहा, "वह इतनी दूर आगे बढ़ चुकी है कि.."

"लौटकर नहीं आ सकती? तो जहाँ है वहीं रुक जाए।"

"मुझे जुमला खुद पूरा करने की जहमत उठाने दें। वह इतने आगे बढ़ चुकी है कि रुकने का अब कोई मतलब नहीं होगा। हर तरह से हम एक-दूसरे के हो चुके हैं।"

डॉक्टर साहब स्तब्ध रह गये। फिर अपने को सँभालते हुए उन्होंने कहा, "मुझे जो कहना था कह चुका हूँ। अब आप जा सकते हैं।"

मनमथ बाबू ने बहुत आदर से नमस्कार किया और कमरे से बाहर हो गये।

●●

डॉक्टर राज ने मनमथ से अपनी बातचीत का निचोड़ कामिनी को सुना दिया और कह दिया कि मनमथ से मेल-जोल न रखना ही उसके हित में होगा। कामिनी ने यह बात चुपचाप सुन और मान ली तो डॉक्टर साहब को पहले सन्तोष हुआ और फिर आश्चर्य। यह बिटिया रानी के आज्ञाकारिणी होने का सबूत है? या बोदेपन की निशानी है? या इस बात का संकेत है कि मन-ही-मन वह भी कोई पक्का फैसला कर चुकी है और उचित अवसर की प्रतीक्षा में है? तीसरी सम्भावना–या आशंका–को डॉक्टर साहब ने मन से निकाल दिया। कामिनी इतनी चतुर नहीं कि योजना बनाये या चाल चले। बहरहाल, डॉक्टर साहब को बेटी का यों सिर झुकाये, बगैर किसी चीं-चपड़ या आह-ऊह के नयी स्थिति स्वीकार कर लेना आशंकाप्रद नहीं तो अस्वाभाविक जरूर लगा। कामिनी का किसी से प्रेम करने लगना उन्हें जितना विचित्र मालूम हुआ था कामिनी का विरह को विरह न मानना उससे भी अधिक असंगत मालूम हुआ। समझ नहीं पाये कि इस बोदेपन पर हँसें या रोएँ? यों एहतियातन उन्होंने कामिनी से कह दिया, "बिटिया रानी ने हमारी बात रख ली, इसकी हमें बहुत खुशी है। अगर कभी कुछ बताना समझाना चाहो तो बगैर किसी हिचक के चली आओ। समझी? तुम्हें किसी ने मौन व्रत रखने के लिए नहीं कहा है। मैं और तो और मनमथ बाबू के बारे में भी तुमसे बात करने को हमेशा तैयार हूँ।"

कामिनी ने सिर झुकाये ही जवाब दिया, “कोई खास बात होगी तो आपसे जरूर कहूँगी पिताजी।”

लेकिन कामिनी ने यह बताना जरूरी नहीं समझा कि मनमथ बाबू को एक लम्बा पत्र भेजा था, इस आशय का कि पिताजी की नाराजी को ध्यान में रखते हुए वह फिलहाल कोई मेल-जोल नहीं रखना चाहती मगर इस प्रतिबन्ध के बावजूद वह सदा मनमथ बाबू की ही रहेगी। इसके उत्तर में मनमथ बाबू ने लिखा था कि आपके पिताजी ने मेरा जितना अपमान किया वह मैं ही जानता हूँ—कई बार तो वह गाली-गलौज पर ही उतर आये। तुम्हारी खातिर सब कुछ सुनना पड़ा। अब तुम भी मुँह मोड़ ले रही हो। कसूर तुम्हारा नहीं, मेरी किस्मत का है, वगैरह वगैरह। कामिनी ने इसका संक्षिप्त-सा जवाब भेजा था—“मुझे समय दो, मैं साहस करूँगी।”

कामिनी के भोले मन में यह धारणा जम गयी थी कि अगर वह नेक बनी रहेगी तो पिताजी अवश्य पसीज जाएँगे। उसे कौन समझाता कि यहाँ उसकी नेकी पर किसी को सन्देह नहीं है। सवाल उसके तथाकथित प्रेमी की नेकनीयती का है। पिता की आज्ञा का पूर्ण पालन जैसे कामिनी के लिए एक आध्यात्मिक अनुष्ठान बन गया जिसके सहारे वह अहिंसात्मक रीति से अपने प्रेमी के प्रति पिता की गलत धारणा को सही कर सकेगी। पूजा-पाठ और जप-तप की तरफ भी वह खूब ध्यान देने लगी। इसमें भी शन्नो जीजी उसकी गुरुआइन बनी। नायिका का यों नायक के लिए तपस्या करना उन्हें सर्वथा उचित मालूम हुआ। मगर नायिका तपस्या के साथ-साथ नायक से चोरी-छिपे मिलने का क्रम जारी न रखे यह उनकी प्रेम-संहिता के अनुसार एक वाहियात-सी बात थी। बार-बार वह कामिनी को कोंचती रही। ‘खाली प्रार्थना से काम नहीं चलेगा, तुम करो हिम्मत तभी ऊपर वाला भी मदद कर सकेगा।’ लेकिन कामिनी पर इस सलाह का कोई असर नहीं हुआ। उसके भीतर का दर्द किसी भी तरह की दौड़-धूप के लिए प्रस्तुत होने को तैयार नहीं था। पीड़ा जितनी गहरी थी, उतनी ही ठहरी हुई भी। उसे लग रहा था कि वह इस सहमे हुए क्षण को जिलाए रख सकेगी तो शीघ्र ही इस कटुता से कोई एक प्यारी-सी कविता उग आयेगी। उसके और मनमथ के सुखमय दाम्पत्य की कविता। अगर वह विचलित हो गयी तो इस संघर्ष की परिणति प्रीतिकर काव्य में नहीं, त्रासद नाटक में होगी।

शन्नो जीजी को यह दार्शनिकता जरा भी नहीं सुहायी। नायिका की काहिली से चिन्तित होकर उन्होंने खुद ही मनमथ बाबू से चोरी-छिपे मिलने का बीड़ा उठाया। शहर के उस रेस्तराँ में वह मनमथ से भेंट करने गयी जो अपने अँधियारे से परिवेश के कारण प्रेमियों का प्रिय स्थान था। यहाँ नायक से बातें करते हुए शन्नो जीजी बीच-बीच में यह भूलने लगी कि इस आख्यान की नायिका वह स्वयं नहीं है। उनका दिल जोरों से धड़क रहा था और पकड़े जाने की आशंका उन्हें एक सुखद रोमांच प्रदान कर रही थी। उन्होंने इतनी बार अपनी निगाहें रेस्तराँ के अँधेरे में घुमाईं इतनी बार उन्होंने यह जानना चाहा कि कोई जान-पहचान वाला तो यहाँ नहीं बैठा है? कि मनमथ बाबू को सख्त कोफ्त होने लगी। इस कोफ्त को कसैले मजाक में लपेटते हुए उन्होंने कहा, "अगर कोई देख भी लेगा तो क्या? आपको तो ऐसी सिद्धि है कि जो देखता है, सो आपका हो लेता है। अब देखिये न आपके बुलाने पर मैं ही कैसा खिंचा चला आया।"

शन्नो जीजी ने सन्तुष्ट स्वर में कहा, "आप तो हमें काँटों में घसीटते हैं। सिद्धि जो है सो आप में है। मैं तो इधर दिन-रात बराबर आपके बारे में सोचती रही हूँ।"

"ज्यादा न सोचिए, कहीं सिर दर्द हो जाएगा।"

"अजी सिर दर्द तो मुझे बहुत हुआ करता है।" शन्नो जीजी ने उत्साह से कहा, "ओफ्फ। ऐसा भयंकर कि आपसे क्या कहूँ। लेकिन चुपचाप सह लेती हूँ। आज भी सवेरे से माथा फटा जा रहा है मगर आपसे मिलने का वादा था सो पूरा किया ही।"

"किसी अच्छी खबर ने ही आपको सिरदर्द भुलाकर यहाँ आने की प्रेरणा दी होगी।" मनमथ बाबू ने कहा और यह कहकर शन्नो जीजी को याद दिलाया गया कि नायिका कोई और है।

"खबर तो कोई खास है नहीं, बस इतना ही कहना था कि आप धैर्य और शान्ति से काम लें। मामाजी का रुख कुछ ऐसा हो चला है कि जल्दबाजी से बात बिगड़ जाएगी।"

"और पत्र में तो आपने यह सलाह दी थी कि कामिनी को ले भागूँ, बाद में सब ठीक हो जाएगा।"

"मैंने बताया ना—इस बीच काफी सोच-विचार करती रही हूँ। अगर हम लोगों ने जल्दबाजी की तो मामाजी वसीयतनामा बदल देंगे

और कामिनी के नाम कानी कौड़ी नहीं रहने देंगे। बल्कि इससे भी पहले वह कामिनी की कहीं भी जबर्दस्ती शादी ठहरा देंगे और मुझे घर से निकाल देंगे। उन्होंने गुणवन्ती मौसी की मार्फत मुझे धमकी भी दी है। मौसी से ही सुना कि मामाजी दो-एक जगह कामिनी के लिए बात चलवा रहे हैं।"

"तब तो भागकर शादी कर लेने की बात ही ज्यादा ठीक रहेगी।"

"लेकिन अगर वसीयतनामा बदल दिया गया तो क्या मजा रहा! ऐसा होना चाहिए कि सारा काम सुख-शान्ति से हो जाए और हम सब खुशी से रह सकें।" शन्नो जीजी ने 'हम' पर जोर देते हुए कहा और फिर लजाकर मुस्करा दीं।

"आप काफी दुनियादार हैं।" मनमथ बाबू ने उनकी आँखों में आँखें डालकर कहा।

शन्नो जीजी इस प्रशंसा से प्रसन्न हुईं। उन्होंने महसूस किया कि इस व्याख्यान में उनकी भूमिका नायिका वाली न सही, महत्त्वपूर्ण जरूर है। इसीलिए तो मेरा कामिनी के साथ होना जरूरी है। आप तो जानते हैं कि हमारी कामिनी कितनी भोली है। अगर मामाजी को जरा भी यह अनुभव हो गया कि आपके लिए अब भी मददगार साबित हो रही हूँ तो वह मुझे घर से निकाल देंगे और सब गुड़-गोबर हो जाएगा। प्यार कर सकना भोली कामिनी के अकेले की बात नहीं। इसलिए मैं कहती हूँ धैर्य से काम लें।"

"मगर मैंने तो आज ही आपकी पिछली सलाह के मुताबिक कामिनी को भाग कर शादी करने वाली योजना लिख भेजी है।"

"आप यह क्यों भूल जाते हैं कि कामिनी आपको बहुत चाहती है। अगर आप उससे साथ भागने को कहेंगे तो वह वैसा ही कर देगी, अगर आप उसे ठहरने को कहेंगे ठहरी रहेगी। आपके बात बदल देने का वह कतई बुरा नहीं मानेंगी। और समझाने को तो मैं हूँ ही।"

"आपकी समझदारी का मैं कायल हूँ।"

"चलिए कोई तो कायल हुआ है।" शन्नो जीजी ने मनमथ बाबू से निगाह मिलाते हुए और फिर कुछ लजाते हुए कहा, "लेकिन आप भी जाने कायल रहेंगे कि नहीं?"

मनमथ बाबू ने बोली मारी, "मैं तो आपकी हर बात का कायल हूँ और रहूँगा।"

इसे सच्ची प्रशंसा के रूप में ग्रहण करते हुए और अपने को किसी कीमियागिरी द्वारा कामिनी से एकाकार करते हुए शन्नो जीजी ने कहा, "हम लोग बहुत सुखी रहेंगे।" और अपनी हथेली मनमथ बाबू की हथेली पर रख दी। कुछ घबड़ाकर वह उसे हटाने को हुई कि मनमथ बाबू ने अपना दूसरा हाथ बहुत ही लापरवाही से उनके घुटने पर रख दिया। अन्तरंग होकर बोले, "आप ठीक कहती हैं, हम लोग सुखी रहेंगे। अच्छा अब चलें?"

●●

शन्नो जीजी ने इस मुलाकात का एक संक्षिप्त और पवित्र विवरण कामिनी के सामने प्रस्तुत किया। कामिनी को इस बीच मनमथ बाबू का पत्र मिल चुका था। इसलिए शन्नो जीजी की यह दखलन्दाजी उसे अच्छी नहीं लगी। फिर उसने सोचा कि आखिर मैं भी तो यही चाहती थी कि फिलहाल कोई निर्णायक कदम न उठाया जाए। मगर शन्नो जीजी से यह बात कही तो वह तुनक कर बोली, "मुझसे तो मामाजी ने इस बारे में कुछ नहीं कहा है। तुझसे जो कहा हो सो तू जान ले। एक तो तेरी भलाई के लिए इतना जोखम उठाया और तू ही शिक्षाएँ देने बैठ गयी।" कामिनी ने फैसला किया कि आज पिताजी से बात करनी ही होगी।

रात को जब डॉक्टर राज थके-माँदे लौटे तो कमरे के दरवाजे पर कामिनी को खड़ा हुआ पाया। उनकी थकान को यह सोचकर चिढ़ हुई कि अब भावुकता का सिलसिला चलेगा। खीज को छिपाते हुए उन्होंने पूछा, "ऐसे कैसे दुबकी खड़ी हो?"

कामिनी ने कोई उत्तर नहीं दिया और पिताजी के पीछे-पीछे कमरे में घुस आयी। डॉक्टर साहेब ने हाथ-मुँह धोया, कपड़े बदले, नौकर से खाना लगाने को कहा, जेब में अधूरी पड़ी हुई एक चिट्ठी पूरी की और इस सबके दौरान कामिनी मूर्तिवत खड़ी रही।

मनमथ बाबू ने अपने पत्र में उसकी कायरता को जम कर कोसा था। उन्होंने ताना कसा था कि शायद कामिनी को पिता की दौलत सच्ची मोहब्बत से बहुत बड़ी मालूम हो रही है। और अब उन मनमथ बाबू ने ही उसे कुछ धीरज की सलाह दे डाली है। कामिनी को यह

सब अपनी सरल मति के लिए बहुत जटिल मालूम हो रहा था। आखिर क्यों उसका एक सीधा-सादा नाता सीधे-सादे स्वीकार नहीं कर लिया जा रहा है? अगर वह भूल भी कर रही है तो क्या उसे एक भूल कर सकने का अधिकार नहीं है? लेकिन पिताजी से यह सब कैसे कहे?

आखिर डॉक्टर साहब ने ही चुप्पी तोड़ी, "कुछ कहना था तुम्हें?"

"जी हाँ, जी नहीं।" कामिनी सकपका गयी, "वह...वह...आपने कहा था ना कि अगर कुछ कहना हो तो कह दूँ।"

डॉक्टर साहब इस विचित्र वाक्य पर मुस्कराये, बोले, "तो कहो न।"

"जी, मैं क्या...क्या मैं एक बार मनमथ बाबू से मिल सकती हूँ?"

"उनसे विदा लेने के लिए?"

"जी हाँ, जी नहीं। वह कहीं जा तो नहीं रहे हैं?"

"यानी बिटिया रानी उनसे हमेशा के लिए विदा लेने के मूड में नहीं है?"

"जी, मैं उनसे सिर्फ एक बार मिलना चाहती थी।"

"किसलिए? और एक बार क्यों? जब मिलना ही है तब मेरी बला से दिन में तीन बार मिलो।"

"मैं सिर्फ उनसे एक बात करके किसी फैसले पर पहुँचना चाहती हूँ।"

"अक्लमन्दी जिस फैसले में थी, सो किया जा चुका है। क्या तुम्हें मुझ पर जरा भी विश्वास नहीं है? मैंने दुनिया देखी है और लफंगों को मैं दूर से पहचान सकता हूँ।"

"वह लफंगे नहीं हैं पिताजी। हम धैर्य से काम लेंगे और हमें विश्वास है कि आप मनमथ बाबू की सदाशयता के कायल हो जायेंगे।"

डॉक्टर राज को इस 'हम' पर बेहद गुस्सा आया, बोले, "आप लोगों को सूचित कर दूँ कि मेरे हृदय-परिवर्तन की प्रतीक्षा तो मेरी हृदय-गति रुक जाने तक करनी पड़ेगी। या कि आपको वास्तव में उसी घड़ी का इन्तजार है।"

कामिनी के मानो किसी ने ताबड़तोड़ तमाचे जड़ दिये थे। वह देर तक कुछ कह नहीं पायी। फिर उसे भी जाने कहाँ से क्रोध करने

और यह कह सकने का साहस मिला, "आप बहुत ओछी बात कह गये हैं पिताजी।"

डॉक्टर साहब प्रतिवाद से स्तब्ध हुए। फिर उन्होंने झल्लाकर कहा, "मुझे ओछेपन में घसीटा जा रहा है। बिटिया रानी एक ओछे आदमी से नाता जोड़कर अपने हर नाते को ओछा बना रही हैं। आप उससे शौक से मिलिए और इतना जरूर कह दीजिए कि मैं अपने होश-हवास दुरुस्त रहते हुए अपनी और अपनी पत्नी की सम्पत्ति एक लफंगे को गुलछर्रे उड़ाने के लिए सौंपने से रहा।"

"पिताजी, मुझे आपकी सम्पति का कोई मोह नहीं है, मैं केवल आपका आशीर्वाद, आपकी अनुमति चाहती हूँ। आप अपना वसीयतनामा बदल दें। मैं कल से ही अलग रहने लगूँगी। जितना पैसा मेरे नाम है मेरी गुजर-बसर के लिए काफी होगा। नहीं हुआ तो कुछ काम कर लूँगी। आप मानते हैं कि मैं एक भूल कर रही हूँ, मैं आपसे वह भूल कर सकने की भीख माँगती हूँ। आपको खतरा है। इस भूल से आपका जोड़ा हुआ वैभव धूल में मिल जाएगा। वसीयत बदल जाने और मेरे इस घर को छोड़ देने से तो यह खतरा खत्म हो जाएगा। तब तो आप मुझे आशीर्वाद दे सकेंगे।"

डॉक्टर साहब ने कामिनी को पास बुलाकर बैठाया और बहुत प्यार से पूछा, "यह ऊल-जलूल बातें तुम्हें कौन सिखा रहा है? मुझे अपनी सम्पत्ति की चिन्ता है तो तुम्हारी खातिर ही है। मैं उसे अपने साथ बाँध कर तो ले नहीं जा सकता और मेरे रहते उसे कोई छू नहीं सकता। लेकिन अपनी इकलौती बेटी को धूल में मिलने दूँ, यह कैसे हो सकता है? अगर मैं वसीयतनामे से तुम्हारा नाम काट देने की बात करता भी हूँ तो महज इसलिए कि उस हालत में वह दुष्ट तुम्हारा पीछा छोड़ देगा।"

कामिनी को याद आया कि मनमथ ने अपने पत्र में लिखा था कि किसी भी चतुर लड़की के लिए ऐसे मामलों में पिता की रजामन्दी पा लेना ज्यादा मुश्किल नहीं होता। शन्नो जीजी कई बार यह कह चुकी थी कि कामिनी इसे पिता-पुत्री की बौद्धिक बहस का नहीं, भावनात्मक सम्बन्धों का मामला बनाये : रूठ जाए, खाना वाना छोड़ दे, कमरा बन्द करके रोती रहे, गुमसुम रहने लगे वगैरह-वगैरह। दिमागी बहस में वह डॉक्टर राज जैसे विद्वान् से कभी जीत नहीं सकती और फिर दिल

के मामलों में दिमाग का वैसे भी क्या काम। मगर कामिनी ने महसूस किया कि चतुराई और चरित्तर दोनों ही उसके बस के नहीं हैं और होते भी तो शायद डॉक्टर राज जैसे नपे-तुले व्यक्तित्व पर उनका कोई असर नहीं पड़ता। बहस में ही जीतना होगा। मगर बहस क्या करे? पिताजी की धारणा है कि मनमथ बाबू अच्छे आदमी नहीं हैं। उसकी धारणा है कि मनमथ बाबू अच्छे आदमी हैं। धारणाओं में बहसें हों, तो नतीजा क्या निकल सकता है?

कामिनी ने सारे सोच-विचार के बाद केवल इतना कहा, "मनमथ बाबू की बात मैं नहीं जानती मगर मैं अपना फैसला बदल नहीं सकती।"

डॉक्टर राज दंग रह गये। उनकी बेवकूफ बिटिया उनकी ही शब्दावली में, उनके ही लहजे में उनसे बात कर रही थी। काश, यह खानदानी जिद इसने किसी अकलमन्दी के काम के लिए दिखाई होती। बहरहाल पैंतरा बदलना जरूरी है। कुछ सोचकर डॉक्टर साहब ने कहा, "तुम बच्ची नहीं हो जो मैं किसी बात से तुम्हें रोकूँ। मेरा इतना कहना है कि इस फैसले से मुझे बहुत दुःख पहुँचेगा।"

कामिनी ने उसी सुदृढ़ स्वर में कहा, "और फैसला बदलने से मुझे दुःख पहुँचेगा।"

"वह दुःख कुछ ही दिनों का होगा। किसी अच्छी जगह शादी हो जाने पर तुम उसे भूल जाओगी। लेकिन मनमथ बाबू से शादी करके मुझे ही नहीं, तुम्हें भी जिन्दगी भर के लिए दुख का रोग लग जाएगा।"

"यह आपका अनुमान है। आपके पास मनमथ बाबू के खिलाफ कोई ठोस सबूत नहीं है।"

कामिनी की यह बात सुनकर डॉक्टर साहब को बहुत क्रोध आया। यह चीखने की तबीयत हुई कि शहर के सबसे विश्वस्त और व्यस्त डॉक्टर के पास इतनी फुर्सत नहीं कि किसी लफंगे के बारे में अनुसन्धान करता रहे। उसके जैसे तजुर्बेकार आदमी को पूरा हक है कि अपने अनुमान को अकाट्य निदान का दर्जा दे। लेकिन डॉक्टर राज के वैज्ञानिक मन ने स्वीकार किया कि इससे पूर्वाग्रह को तर्क की गरिमा प्राप्त नहीं हो जाएगी। लिहाजा अपना गुस्सा किसी तरह हलक तले उतारकर उन्होंने पूछा, "तुम्हारा फैसला पक्का है?"

"जी।"

"ठीक है। तो तुम मनमथ बाबू से मिल सकती हो। उन्हें यह भी

बता देना कि डॉक्टर साहब ने वसीयतनामा बदल देने का फैसला कर लिया है। इस शादी के बाद शायद हमारे बीच बहुत कटुता आ जाए, इसलिए तुम लोग कुछ महीने और रुक जाओ। मैं एक अर्से से बहुत थका महसूस कर रहा हूँ और प्रैक्टिस से कुछ समय के लिए छुट्टी लेने के मूड में हूँ। हम अपनी बिटिया रानी के साथ इस बीच यूरोप की सैर पर जाएँगे। ठीक है। उसके बाद जैसा तुम चाहो।"

कामिनी ने कुछ नहीं कहा।

●●

शन्नो जीजी को जब प्रस्तावित यूरोप-यात्रा का समाचार मिला तब उन्होंने कामिनी से कहा कि मामाजी शायद यह समझते हैं कि निगाह से दूर दिल से काफूर वाला मामला होगा। भोली कामिनी की इस पर प्रतिक्रिया यह थी कि तब तो मुझे पिताजी को बता देना चाहिए कि मेरा फैसला यूरोप घूमकर भी बदलने वाला नहीं है, बेचारों का व्यर्थ ही धन नष्ट होगा। शन्नो जीजी को यह तर्क बेतुका मालूम हुआ। जब मनमथ बाबू से कामिनी ने इसका जिक्र किया तब वह भी खूब हँसे। वह बोले, "इस समय कहोगी तो बेकार की जिद मानी जाएगी? वहाँ से घूमघाम कर आने के बाद कहोगी तो दृढ़ता की निशानी कहलाई जाएगी। मैं तुम्हें अभी से बता सकता हूँ कि डॉक्टर साहब वहाँ तुम्हारी मुलाकात दो-चार अच्छे 'वरों' से कराएँगे और मेरे यूरोप-प्रवास के बारे में चन्द्रप्रकाश ने उन्हें जो उल्टी-सीधी बातें बताई हैं वे तुम्हारे सामने बड़ी मुश्किल से खोजे सबूतों के रूप में पेश की जाएँगी। शायद तुम्हें यह पता नहीं कि चन्द्रप्रकाश की निगाहें भी इस उत्तराधिकारिणी पर थीं लेकिन यहाँ कोई दाल न गलने पर उन्होंने मोहिनी की मोहिनी स्वीकार कर ली।"

कामिनी को चन्द्रप्रकाश बाबू के इस रुझान की कभी कोई खबर नहीं हुई थी। उसने हमेशा यही माना था कि वह गुणवन्ती बुआ की बेटी मोहिनी से शादी करना चाहते हैं। शादी से पहले भी वह बुआ के यहाँ आते-जाते थे और वहाँ उनसे कई बार मुलाकात भी हुई थी। कभी उन्होंने कोई ऐसा संकेत नहीं दिया था मगर शायद दिया हो और वह नहीं समझ पाई हो।

इस पहेली को दिमाग से हटाते हुए कामिनी ने पूछा, "आपसे किसने कहा कि पिताजी हमारी बाबत जीजाजी से बात कर रहे थे?"

मनमथ बाबू मुस्कराये, "मुझे सब पता है। तुम्हारे पिताजी तो बाकायदा शर्लक होम्स बन चले हैं। और तो और वह मेरी गरीब दुखियारी दीदी से भी तफतीश करने चले गये। कुरेद-कुरेद कर पूछते रहे। कभी लालच और कभी धमकी। लेकिन कुछ हो तब तो पता चले। मेरी जिन्दगी एक खुली किताब है। मेरी भूलें, मेरी कमजोरियों और मेरी बदकिस्मती किसी से छिपी हुई नहीं हैं। मैं अपनी जिन्दगी को सँवारने-सुधारने के बस एक अवसर का मोहताज हूँ मगर अपनी वही हालत है कि बद अच्छा बदनाम बुरा।"

कामिनी के मन में प्रतिष्ठित पिता की प्रतिमा सहसा विरूप हो उठी क्या वह सचमुच इस स्तर पर उतर आये हैं? बाप-बेटी का वह मधुर सम्बन्ध क्योंकर इतना कठोर होता चला जा रहा है? माँ को कभी देखा नहीं और अब पिताजी अपनापन छोड़ रहे हैं।

मनमथ बाबू ने कामिनी के मन की बात पढ़ ली और कहा, "तुम भी कितनी बदकिस्मत हो कि मुझ जैसे बदकिस्मत का साथ मिला। मेरी तो बदकिस्मती ही मेरी दौलत थी और मेरा साथ हो जाने से अब तुम्हारी दौलत ही तुम्हारी बदकिस्मती बनती जा रही है।"

कामिनी को वह दार्शनिक सूत्र सर्वथा मननीय प्रतीत हुआ। थोड़ी देर ख़यालों में खोई रही और फिर रुआँसे स्वर में बोली, "मैं यूरोप-बूरोप कहीं नहीं जाऊँगी। पिताजी वसीयतनामा बदल देने को कहते हैं, मैं उनसे अनुरोध करूँगी कि वकील साहब को बुला कर तुरन्त बदलवा लें और मुझे इस घर से निकाल दें।"

कामिनी की रुलाई फूटने को ही थी कि मनमथ बाबू ने ऐन बुजुर्गाना अन्दाज में उसे प्यार भरी झिड़की सुनाई, "अब तुम सचमुच बेवकूफी-सी बात कर रही हो, तुमने खुद शुरू में यह सलाह दी थी : हमें धैर्य से काम लेना चाहिए। तुम पिताजी के साथ जाओ। ठाठ से यूरोप घूमो। लौट कर भी अगर तुम अपने आग्रह पर जमी रहोगी तो वह मान जाएँगे। यों भी यात्रा के दौरान उनका मूड अच्छा रहेगा और मौका मिलने पर तुम उन्हें समझा-बुझा सकोगी। यहाँ तो व्यस्तता के कारण वह यों ही झल्लाये रहते हैं। इस बीच मैं भी कोई धन्धा-रोजगार तलाश करूँगा ताकि निठल्लेपन का कलंक मेरे माथे से धुल जाए।"

कामिनी ने आश्वासन माँगती हुई किसी नादान बच्ची की तरह पूछा, "क्या सब कुछ ठीक हो जाएगा अन्त में?"

"हाँ!" मनमथ बाबू ने उसका हाथ अपने में लेकर कहा, "अगर तुम अन्त तक दृढ़ रह सको।"

कामिनी कुछ आश्वस्त हुई। उसे अपनी दृढ़ता में कोई सन्देह नहीं था। उसे मात्र यही आशंका थी कि यह दृढता पिताजी की दृढ़ता को नहीं जीत पाएगी और इस बीच मनमथ बाबू रूठ कर या ऊब कर कहीं और चले जाएँगे।

कामिनी को सोच में पड़ा देख कर मनमथ बाबू ने कहा, "एं क्या मुँह लटकाए बैठी हो। सैर-सपाटे के लिए जाने वाली हो, वैसा ही मूड वनाओ। बोलो, मेरे लिए वहाँ से क्या लाओगी?"

कामिनी ने बहुत कोशिश करके शन्नो जीजी के दिए हुए किसी उपन्यास का एक वाक्य बतौर शोख़ जवाब दुहरा दिया, "अपने आप को।" मनमथ बाबू ने उसे बाँहों में भरते हुए कहा, "क्या अब तुम मेरी नहीं हो?"

कामिनी ने कहा, "हूँ तो, मगर तब की बात और होगी।"

कामिनी ने यह बात सीधे-सादे ढंग से इस अर्थ में कही थी कि तब तक पिताजी की अनुमति शायद विधिवत् मिल जाए। मगर मनमथ बाबू दूसरी ही दिशा में ले उड़े उसे गुदगुदी देते हुए गद्गद स्वर में बोले, "अच्छा तो फिलहाल पूरी तरह से मेरी नहीं होने वाली हो।"

कामिनी इस अप्रत्याशित मोड़ से पहले शरमाई, फिर घबराई और अन्ततः हर्षित हो उठी। मनमथ बाबू हद से आगे बढ़े जा रहे थे और यह अतिक्रमण कामिनी को आपत्तिजनक रूप से सुखद और सुखद रूप से आपत्तिजनक मालूम हो रहा था। देखते ही देखते वह स्वयं भी अपनी सीमाओं को लाँघने लगी। उसकी प्रतिक्रियाएँ इतनी उग्र हो उठीं कि स्वयं मनमथ बाबू घबरा उठे। पिछले कई हफ्ते से कामिनी जिस स्नायविक तनाव में रही थी मानो वह विस्फोट-बिन्दु पर पहुँचने और अपने छितरे-छितरे उड़ा देने के लिए बेताब हो उठा था। जैसे कामिनी के कान में कोई कह रहा था कि यह क्षण फिर लौट कर आने वाला नहीं है।

मनमथ ने अपने को अलग करते हुए कहा, "मैं जरा बाहर देख लूँ।" और वह दरवाजा बन्द करने के लिए बढ़े। क्षण का सम्मोहन,

सम्मोहन का क्षण टूट गया। कामिनी सोफे से उठ गयी और शन्नो जीजी को चाय लगवाने के लिए आवाज देने लगी।

●●

कामिनी ने महसूस किया कि मनमथ बाबू से उसका सम्बन्ध हर दृष्टि से ऐसी सीमा पर पहुँच चुका है कि अब वापसी सम्भव नहीं। इसलिए पिताजी को यह बता देना चाहिए कि यूरोप-यात्रा से उसके प्रेम में कोई फर्क पड़ने वाला नहीं है। लेकिन जब उसने डॉक्टर साहब से यह बात कही तब वह हँस कर बोले "बिटिया रानी से हम ने छह महीने की मोहलत माँगी थी। ऐसी भी बेचैनी क्या।" डॉक्टर राज इस बीच मनमथ बाबू के खिलाफ यहाँ-वहाँ से कुछ सुराग पाने में सफल हो चुके थे। उन्हें विश्वास था कि तफतीश पूरी होने पर वह इस हीरो की एक ऐसी तसवीर पेश कर सकेंगे जिसकी कालिमा कामिनी की कमजोर निगाह से भी छिपी नहीं रह सकेगी। कुछ-न-कुछ जानकारी लन्दन में भी जरूर मिलेगी। सारे सबूत जब घर से दूर किसी निर्जन स्थल में पूरी नाटकीयता से प्रस्तुत किए जाएँगे तब कूड़मगज कामिनी भी मनमथ बाबू के विषय में पिताजी की बुद्धिमानी और अपनी नादानी देख-समझ सकेगी।

इधर डॉक्टर साहब यह योजना बना रहे थे उधर मनमथ बाबू, जिनका कोठी में आना-जाना नये सिरे से शुरू हो चुका था, शन्नो जीजी की मदद से कामिनी को यह समझा रहे थे कि घर से दूर किसी शान्त-एकान्त स्थल में अगर कामिनी पूरी काव्यात्मकता से अपनी बात कहेगी तो पत्थर दिल डॉक्टर साहब भी जरूर पसीज जाएँगे। कामिनी को अफसोस हो रहा था कि पिताजी शन्नो जीजी को साथ ले जाने के लिए तैयार नहीं हैं। काव्यात्मक बात तो वह उनकी मदद से ही कह सकती। शन्नो जीजी को अपनी काव्यात्मकता की प्रशंसा अच्छी लगी और उन्होंने भी यात्रा में साथ जाने का अवसर न मिलने पर कुछ एक आहें भरीं। मनमथ बाबू ने यूरोप के रमणीक स्थलों की विस्तार से चर्चा की जो उनके अनुसार प्रेम करने और प्रेम को अभय देने के लिए ही विधाता ने रचे हैं। मनमथ बाबू ने 'काश' का बड़े पैमाने पर और बड़ी अदा से प्रयोग किया और कामिनी अपनी कल्पना में मनमथ

बाबू और अपने को यूरोप के विभिन्न रमणीक स्थलों में हाथ में हाथ लिए घूमते हुए देखने लगी। मनमथ बाबू, जो अब तक काश मैं तुमको फलाँ झील और फलाँ पर्वत दिखा सकता जैसे फिकरे कह रहे थे, सहसा बोले, "काश, हम और तुम अभी यूरोप भाग जा सकते।"

कामिनी की जबान से भी 'काश' जैसे फिसल पड़ा। मनमथ बाबू ने मुस्करा कर पूछा, "तो चलें?" कामिनी ने हँसी ठट्ठे में किये गये इस प्रश्न का पूरी गम्भीरता से उत्तर दिया—"जी हाँ, जी नहीं, मतलब अभी तो मैंने कोई तैयारी ही नहीं की है।"

शन्नो जीजी और मनमथ बाबू दोनों इस नादानी पर हँस पड़े। कामिनी इस परिहास से कुछ झेंप गयी, कुछ झल्ला उठी। शन्नो जीजी ने सखी-सहेली शैली में उसकी ठोड़ी पकड़ कर कहा, "यूँ ही थोड़े जा सकती है लाड़ो, पहले टिकट कटाना होगा सात फेरे लगा कर। समझी?"

मनमथ बाबू ने हँस कर पूछा, "और जो बगैर उसके ही चले जाएँगे?"

शन्नो जीजी दार्शनिक हो उठी, "तो भी ठीक है। मैं तो जी यह मानती हूँ कि शादी दिल की दिल से होती है। और जो वह हो गयी तो सात फेरे वाली होए न होए कोई फर्क नहीं पड़ता।"

"आप तो बड़ी मॉडर्न हैं।" मनमथ बाबू ने लुत्फ लेते हुए कहा।

"लो जी, इसमें मॉडर्न की क्या बात हुई भला! प्रेम की महिमा कोई आज की है? वह तो जी, क्या नाम कहते हैं, युग-युग से चली आ रही है।"

मनमथ बाबू ने नटखट स्वर से पूछा, "तो हम मान लें कि शादी हो चुकी है? आपकी इजाजत है ना?"

कामिनी को इस प्रश्न में कुछ भी आपत्तिजनक प्रतीत नहीं हुआ लेकिन शन्नो जीजी ने ऐन किशोरियों वाले अन्दाज में हैरत बाली 'हाय' बुलन्द कर डाली। फिर उन्हें सहसा बड़ी दूर की सूझी और उन्होंने प्रस्ताव किया कि मनमथ और कामिनी अपने सम्बन्ध को फौरन देवताओं की साक्षी में सुदृढ़ कर डालें। वह पूजा के लिए आये फूलों में से तुरन्त दो मालाएँ निकाल लायीं और जयमाला के लिए आग्रह करने लगीं। मनमथ बाबू इस तमाशे के लिए बहुत उत्साह से तैयार हो गये मगर कामिनी सकपकाई। शन्नो जीजी के बहुत जोर देने पर

जब उसने अपने संकोच पर किसी तरह विजय पायी तब यह आयोजन उसके लिए कौतुक-क्रीड़ा नहीं एक गम्भीर अनुष्ठान बन चुका था। उसका रूप देख कर मनमथ बाबू ने भी हँसी-ठट्ठे की मनःस्थिति पर श्रद्धा का मुखौटा चढ़ा लिया। शन्नो जीजी दोनों को पूजाकक्ष में लिवा ले गयी और वहाँ उन्होंने भगवान की साक्षी में दो दिलों का विवाह कराया। कामिनी भावोद्रेक से काँपने लगी।

मनमथ बाबू वातावरण के आवश्यकता से अधिक बोझिल हो उठने पर कसमसाये। तनाव तोड़ने की खातिर उन्होंने चुहलबाजी अपनाई, बोले, "दिलों की शादी हो चुकने के बाद क्या होता है?"

शन्नो जीजी 'हाय' का इस्तेमाल करने ही वाली थी कि कामिनी बाकायदा रो पड़ी—"शादी के बाद विदा। मेरी माँ नहीं है। मैंने माँ को कभी नहीं देखा। मेरे पिता भी मुझे विदा करने नहीं आये हैं। खुशी का यह मौका भी मुझे अपराध-भावना और ग्लानि के रूप में ही मिला है।" न जाने कितने उदास विचार उसके मन में सिसक उठे थे। मनमथ बाबू ने उसे आलिंगन में भर कर आश्वासन दिया। और आश्वासन पाकर उसका नादान दिल कुछ और भी रो पड़ा।

शन्नो जीजी ने मामला मनमथ बाबू के हाथों से अपने हाथों में लिया कामिनी को अपने अंक में भरकर। इस क्रम में मनमथ बाबू से जो शरीर स्पर्श हुआ वह उनके लिए प्रीतिकर ठहरा। उसे जुगाली के लिए मस्तिष्क के किसी कोने में दबा कर वह कामिनी को ढाढस बँधाने में जुट गयीं। उन्होंने एक ही जुमले का ब्रह्मास्त्र के रूप में उपयोग किया। 'शुभ अवसर पर रोने से अपशकुन होता है।' कामिनी ने किसी तरह अपने आँसू रोके। शन्नो जीजी उसका मुँह-हाथ खुद ऐसे धुला पोंछ लाई मानो कामिनी कोई छोटी बच्ची हो। फिर मनमथ बाबू से उन्होंने सफाई देते हुए कहा, "बड़ी ममता वाली लड़की है। तुम्हें छोड़ कर जाना पड़ रहा है। छह महीने के लिए, इसी से रुलाई आ गयी होगी।" फिर कामिनी से मुखातिब होकर बोली, "अरी पगली, छह महीने तो उस सैर-सपाटे में चुटकियों में बीत जाएँगे। और फिर मामाजी अपने वादे के मुताबिक यह शादी विधिवत् होने देंगे। मुझे अफसोस है कि मैं तेरे साथ नहीं ले जाई जा रही हूँ। खैर, तू निश्चिन्त रह कि जीजी तेरे प्रेम की रक्षा के लिए यहाँ मौजूद है। मनमथ बाबू की खबर तुझे मैं अवश्य देती रहूँगी और इनकी चिट्ठी भी अपनी

चिट्ठी में डाल दिया करूँगी। तू भी अपनी चिट्ठी इन्हें देने के लिए मेरे पास भेज दिया करना।"

मनमथ बाबू ने मुस्करा कर कहा, "हमारी तो पुरोहित, पोस्टमास्टर सभी कुछ आप हैं।"

इस पर कामिनी को भी हँसी आ गयी। शन्नो जीजी ने कहा, "पुलिस भी मैं ही हूँ। हाँ, बराबर नजरें रखूँगी आप पर।"

मनमथ बाबू बोले, "आपकी सुविधा के लिए मैं रोज यहाँ थाने में आकर हाजरी भरवाता रहूँगा।"

शन्नो जीजी ने कहा, "शौक से, आपका ही तो घर है।" फिर उन्हें 'अन्त भला तो सब भला' मार्का यह क्षण कुछ इतना प्रीतिकर लगा कि वह भावुक हो उठी और बोली कामिनी, "तू निश्चिन्त होकर जा। तेरे पवित्र प्रेम की लौ को हर आँधी तूफान से शन्नो जीजी बचाएगी।" यह कहते हुए उन्होंने मनमथ बाबू को ही कामिनी के प्रेम की लौ मानते हुए अपनी दोनों बाँहें उनके इर्द-गिर्द पसार दीं। सहसा उन्हें संकोच और लज्जा की तीव्र अनुभूति हुई मगर यह अनुभूति किसी कार्य में परिणित होती इससे पहले ही मनमथ बाबू ने कामिनी और शन्नो जीजी दोनों को किसी सहृदय बुजुर्ग वाले अन्दाज में आशीर्वादवत् आलिंगन के एक बृहद् संस्करण में घेर लिया। शन्नो जीजी के गद्गद मन में भविष्य की एक कृतकृत्य कर जाने वाली तसवीर कौंध गयी।

●●

यूरोप में सैर-सपाटे और मिलने-मिलाने के व्यस्त कार्यक्रम के बावजूद डॉक्टर साहब एक क्षण को भी यह न भूल सके कि यह छुट्टी उन्होंने मनमथ के प्रेम-प्रपंच की समाप्ति कराने की खातिर ली थी। इसलिए वह कामिनी का ध्यान मनमथ की ओर से हटाने और मनमथ के खिलाफ प्रमाण जुटाने के लिए बराबर यत्नशील रहे। उन्होंने लन्दन, पेरिस और बोन में कामिनी की मुलाकात कुछ योग्य हिन्दुस्तानी वरों से कराई जिनके नाम-पते वह साल में छह महीने विदेश में रहने वाले एक व्यापारी मित्र से लेकर आये थे। उन्होंने कामिनी को एक से एक बढ़ कर सुन्दर स्थान दिखाने और सुन्दर चीजें दिखाने में भी कोई कसर नहीं उठा रखी। स्पेन और इटली की सैर पर तो वह गुणवन्ती के सुझाए

हुए गुणवान वर प्रमोद कुमार को लन्दन से साथ ले गये। कामिनी और प्रमोद को एक दूसरे के नजदीक लाने के लिए उन्होंने पर्याप्त समय और एकान्त दिया। मगर कामिनी पर किसी भी दृश्य, किसी भी वस्तु, किसी भी व्यक्ति का जरा भी असर नहीं पड़ा। डॉक्टर साहब को यह अनुभूति होने लगी कि वह अपनी लड़की को नहीं, किसी हाड़-मांस की गठरी को इस यात्रा में साथ लेकर निकले हैं।

डॉक्टर साहब ने गौर किया कि कामिनी के चेहरे की शान्त शुष्क मुद्रा तभी बदलती है जब शन्नो की भेजी चिट्ठी उसे मिलती है या वह शन्नो को चिट्ठी लिखने बैठी होती है। उन्हें यह समझते देर न लगी कि शन्नो की मार्फत प्रेमियों का पत्र-व्यवहार चल रहा है। मनमथ के प्रति कामिनी के अविचलित अनुराग की इस निशानी से डॉक्टर साहब को अपनी हार का अहसास हुआ लेकिन उन्होंने यह सोच कर अपने को सान्त्वना दी कि इस बीच मनमथ की मक्कारी के बारे में कुछ और जानकारी हासिल हो सकी है। लन्दन में पता चला कि मनमथ बाबू गप्पी और चार सौ बीस के रूप में मशहूर थे।

वह रईसाना अन्दाज से रहते थे मगर अक्सर उनकी जेब में कानी कौड़ी तक नहीं होती थी। लिहाजा लन्दन में कोई भी हिन्दुस्तानी ऐसा नहीं था जिससे उन्होंने अपने पर पैसे खर्च न करवाये हों या जिसका वह उधार खाए न बैठे हों। कहीं व्यापारी, कहीं प्रोफेसर, कहीं पत्रकार, कहीं योगसाधक और कहीं प्राच्य विशारद के रूप में अपना परिचय देने वाले मनमथ बाबू के विषय में बाद में यह सुनने में आया था कि वह रोम में जाने कैसे प्राचीन भारतीय विद्याओं का झंडा लहराने पहुँच गये थे। इसी सिलसिले में उनकी मुलाकात किसी प्राच्यविद् से हो गयी थी और उसने इन्हें एक शोधकार्य में शामिल करवाने की कोशिश की थी। लेकिन जल्द ही इनके ज्ञान का भण्डाफोड़ हो गया था और तब इन्हें कुछ दिन एक जूते वाले की दुकान में सेल्स असिस्टेंट का काम करना पड़ा जिसके बूते यह अपने को बिजनेसमैन बताने लगे। इसी हैसियत से किसी छोटी-मोटी रियासत की राजकुमारी से परिचित हुए और उसके प्रेमी के रूप में लन्दन पहुँचे। जब राजकुमारी जी को बड़े 'बिजनेसमैन' की कंगाली से कोफ्त होने लगी तब इन्हें जपसिद्धि और अहिंसा शक्ति वाले नये वामपन्थ के प्रचारक के रूप में रोटी रोजी कमानी पड़ी।

यों राजकुमारी प्रसंग के बारे में भी लोगों को सन्देह था क्योंकि

मनमथ बाबू गप्प लगा जाने और अपने बारे में गप्पें उड़वाने में एक ही माहिर थे। मसलन कई लोगों को उन्होंने यह बता रखा था कि उनकी मंगेतर वीएना के एक अस्पताल में काम कर रही है। उसकी एक बड़ी सी तसवीर वह अपने कमरे में भी लगाये थे। लेकिन वीएना से आये हुए एक भारतीय से पता चला कि वहाँ ऐसी कोई महिला नहीं है और एक अन्य व्यक्ति को याद आया कि ऐसी तसवीर भारत में मशहूर कम्पनी के विज्ञापन के साथ छपती है। मनमथ बाबू इससे विचलित नहीं हुए। उनका कहना था कि मेरी प्रेयसी जब बम्बई मेडिकल कालेज में थी तब कभी-कभी मॉडेलिंग भी कर लिया करती थी।

मनमथ बाबू के बारे में कुछ लोगों का यह अनुमान था कि उनका तस्करी जैसे किसी गैरकानूनी धन्धे से कोई सम्बन्ध है। शायद उन्होंने लन्दन छोड़ा ही तब जब पुलिस उनकी गतिविधियों पर खास ध्यान देने लगी। डॉक्टर साहब समझते थे कि भले ही ये अपुष्ट अनुमान हों, इनसे यह तो पता चलता है कि मनमथ बाबू पर सहज विश्वास नहीं किया जा सकता। कामिनी को अपनी गवेषणा से परिचित कराने के लिए डॉक्टर साहब किसी मुकाम और मौके की तलाश में थे। वह उन्हें यात्रा के अन्तिम दौर में मिला। स्विट्‌जरलैण्ड के एक विख्यात सैलानी केन्द्र में स्कीइंग करते हुए उस दिन काफी देर हो गयी थी तो भी डॉक्टर साहब घूमने के लिए निकल पड़े और कामिनी को एक बीहड़ स्थान पर ले जाकर बोले–"अगर हम बिटिया रानी को यहीं छोड़ कर भाग जाएँ तो?"

कामिनी को भय हुआ लेकिन फिर वह प्रश्न और यह भय दोनों ही निरर्थक जान पड़े। उसने शान्त स्वर में कहा, "आप ऐसा कर ही नहीं सकते।"

"क्यों, क्या मैं खतरनाक किस्म का आदमी नहीं हूँ।"

"आपको भला कौन खतरनाक कहेगा?"

"वही जो मनमथ जैसे खतरनाक आदमी को भला कहता है।" डॉक्टर साहब ने पूरी नाटकीयता से कहा और फिर मनमथ का सारा कच्चा चिट्‌ठा खोलने में जुट गये।

कामिनी इससे जरा भी प्रभावित होती नहीं दिखी। संयत स्वर में उसने कहा, "पिताजी ये अफवाह है। ईर्ष्यालु लोगों के लगाये हुए मगनढ़ंत आरोप हैं।"

डॉक्टर साहब झल्ला उठे, "मुझे वकालत छाँटना नहीं आता। तुम चाहो तो लन्दन जाकर उन लोगों से खुद मिल सकती हो और सच-झूठ का खुद फैसला कर सकती हो।"

कामिनी ने उसी शान्त स्वर में कहा, "मुझे शौकिया जासूसी से कोई दिलचस्पी नहीं है पिताजी।"

"तुम्हें बेवकूफ बनने से ही दिलचस्पी है।"

"पिताजी! आप यह मान लीजिए कि मैं बेवकूफ बन चुकी हूँ। मेरे लिए दुनियादार-होशियार बन सकना अब सम्भव ही नहीं है।"

"तो आगे बिटिया रानी का क्या इरादा है? या तो यों पूछूँ कि आप लोगों का क्या इरादा है? पत्र-व्यवहार तो मेरे ख़याल से बराबर चलता ही रहा है आपके बीच। क्या तय पाया?"

"पिताजी, आप मुझसे ऐसे न बोला कीजिए जैसे मैं परायी हूँ। आप मुझे सम्पत्ति के उत्तराधिकार से वंचित कर दें लेकिन अपना समझना न छोड़ें।"

"परायी बिटिया रानी खुद अपनी मर्जी से बन रही है और गलत ढंग से, गलत आदमी की खातिर बन रही है। मैं यह शादी नहीं होने दूँगा। मैंने तुम्हारी बुआ को लिख दिया है कि प्रमोदकुमार के घर वालों से बात पक्की कर लें।"

"पिताजी, मैं और किसी से शादी नहीं कर सकती। मान लीजिए कि मेरी शादी हो चुकी है।"

"मैं यह मानने को तैयार नहीं हूँ और न मैं मनमथ बाबू को देवता मानने की मूर्खता ही कर सकता हूँ। तुम्हारी मूर्खता को ध्यान में रखते हुए मैं घर लौटते ही अपनी वसीयत बदल दूँगा। मुझे विश्वास है कि तब मनमथ बाबू को तुमसे विवाह करना मूर्खता मालूम पड़ने लगेगा।"

कामिनी क्रोध और अपमान से काँप गयी।

डॉक्टर राज कहते ही गये, "अगर तुम यह समझती हो या शन्नो जीजी ने तुम्हें यह समझा दिया है कि तुम्हारे रूप-गुण पर मोहित होकर वह तुमसे शादी करने की इच्छा रखता है तो मेरी सलाह यह है कि तुम किसी दिन आईने में अपनी सूरत जरा ध्यान से देख लो।"

कामिनी रो पड़ी। डॉक्टर साहब ने कहा, "याद रखो, शादी करने और दौलत हथियाने के बाद वह यही बातें तुमसे कहेगा और कुछ ज्यादा कमीने शब्दों में। तुम इसी तरह रोओगी और कहीं ऐसे ही निर्जन

स्थान में तुम्हारा गला घोंट कर वह छुट्टी पा लेगा।"

डॉक्टर साहब की हथेलियाँ कामिनी की गरदन पर कस गयीं। उन्हें पूरा यकीन था कि इस ड्रामे का कुछ असर होगा। लेकिन तभी कामिनी में जाने कहाँ से एक लगभग आध्यात्मिक-सी शक्ति का उदय हुआ और उस शक्ति के प्रकाश में उसे अपने पिताजी एक कमजोर आदमी नजर आये।

डॉक्टर साहब की हथेलियाँ अपनी गरदन से हटाते हुए उसने शान्त स्वर में कहा, "अब चलें! आप भावुकता में नाटकीय हो रहे हैं और आपकी तरह मुझे भी भावुक नाटकीयता से परहेज रहा है।"

डॉक्टर साहब मानो देखते ही देखते बूढ़े हो गये और चुपचाप कामिनी के पीछे चल पड़े। फिर अपनी गरिमा को किसी तरह वापस बुलाते हुए उन्होंने कहा, "मैं अपनी बात पर दृढ़ रहूँगा। तुम्हें भी अपनी बात रखने का पूरा हक देता हूँ। इतना ही अनुरोध है कि प्रमोद का रिश्ता नामंजूर करके मनमथ बाबू से शादी करनी हो तो मुझे तीन-चार दिन पहले खबर जरूर कर देना।"

●●

यूरोप से लौटने पर जब कामिनी को शन्नो जीजी से पहली बार एकान्त वार्तालाप करने का अवसर मिला तब उसे बहुत राहत महसूस हुई। वहाँ अजनबियों के बीच वह अपने दिल का दर्द और मन का दृढ़ संकल्प किसी को दिखा नहीं सकी थी। भावनाएँ उसके भीतर उमड़-घुमड़ रही थीं और सही मुकाम पर बरसने को आतुर थीं। उसने अवसरोचित गम्भीर स्वर में कहा, "शन्नो जीजी, आपसे एक बात बतानी थी।"

मगर शन्नो जीजी कुछ और ही रंग में थी, चहक उठी, "अरी बातें तो मुझे बतानी हैं ढेरों। इस बीच मनमथ बाबू के गुणों से परिचित होने का मुझे खूब अवसर मिला। रोज ही यहाँ आ जाते थे बिचारे। वही एक चिट्ठी का सवाल लिए हुए। पूरे मजनू हैं मजनू। अभी तूने भी उन्हें कहाँ पूरी तरह जाना है! जिसमें जानने को इतना कुछ हो उसे कोई फौरन जान भी कैसे सकता है! गजब के हैं। जिन्दादिल, जवाँ मर्द, नेक, ईमानदार, बहादुर, बुद्धिमान। आदमी हो तो ऐसा हो।"

कामिनी को शन्नो जीजी का यों चहकना जरा भी नहीं सुहाया।

मनमथ बाबू के विषय में इतने अधिकार से बात करना और यह जताना कि उन्हें वह कामिनी से बेहतर जानती है, यह अगर ईर्ष्या का नहीं तो झुँझलाहट का विषय अवश्य ही था। कामिनी को इतने वर्षों के साथ में शन्नो जीजी पहली बार मूरख मालूम हुई। किसी तरह अपनी झुँझलाहट को छिपाकर उसने कहा, "आपने मनमथ बाबू का बहुत ख़याल रखा, अच्छी आवभगत की। मुझे पत्रों में बराबर लिखते थे।"

"क्या लिखते थे?" शन्नो जीजी ने चौंककर पूछा।

"यही कि आप अच्छी-अच्छी चीजें बनाकर खिलाती हैं। आपने एक स्वेटर बुनकर दिया। ऐसी ही बातें, और क्या? और कोई खास बात थी?"

शन्नो जीजी सकपकाई, "नहीं तो, नहीं तो!"

"तो आप चौंकी क्यों?"

शन्नो जीजी को उत्तर जैसे अचानक सूझ गया, "वह बात यह थी कि मनमथ बाबू अक्सर मामाजी के कमरे का इस्तेमाल करते थे। कहीं यह तुझे न लिख बैठे हों और तू अपनी नादानी में मामाजी को न बता बैठी हो, यही सोचकर मैं चौंकी थी।"

कामिनी का मन कुछ और कड़ुवा हो उठा। उसने कहा, "पिताजी का कमरा उनके लिए खोलकर आपने ठीक नहीं किया।"

"लो बोलो। जैसे मैं धकिया कर उन्हें वहाँ ले गयी। खुद उन्होंने कहा मामाजी की किताबें वगैरह देखना चाहते थे। किताबों का बड़ा शौक है मनमथ बाबू को।"

"किताबें आप बाहर लाकर भी दिखा सकती थीं।"

"कोई चोर उचक्के हैं मनमथ बाबू, जो उनसे कह देती कि आप बाहर ही खड़े रहें, मैं अभी डॉक्टर साहब की किताबों की सारी अलमारी ही बाहर लाये देती हूँ। हाँ, देखो तो सही, कैसी फिजूल की-सी नुक्ताचीनी किए जा रही है।"

कामिनी चुप ही रही। शन्नो जीजी को चिन्ता होने लगी कि कहीं वह जवाब देने में सीमा का अतिक्रमण न कर बैठी हो। वह जीजी ज़रूर है मगर आश्रिता उससे कहीं अधिक है। और फिर पिछले छह महीनों में स्थिति क्या कुछ बदल नहीं गयी है? बल्कि यों कहना चाहिए कि उनकी हस्ती मनमथ बाबू की हस्ती में मिल चुकी है। अब मनमथ बाबू कुल मिलाकर कामिनी से भी ज्यादा अपने हैं। उनके प्रति कुछ

वैसी ही भावनाएँ हैं जो अपने बेटे के लिए या अपने भाई के लिए या अपने पति के लिए या अपने प्रेमी के लिए होतीं। पुत्र-बन्धु-पति-प्रेमी कुछ भी जीवन में नहीं मिला था। और अब एक साथ मनमथ बाबू के रूप में मिल गया है। मनमथ बाबू सब कुछ हैं और कुछ भी नहीं हैं। कोई रिश्ता व्यक्त नहीं हुआ है लेकिन जिस आये-गये अन्दाज में मनमथ बाबू इस बीच पेश आने लगे हैं, जिस तरह वह उनका किसी खरीदी हुई दासी की तरह इस्तेमाल करने लगे हैं उससे रिश्ते की उपस्थिति व्यक्त होती है। और आभास तो असलियत से भी बेहतर है। उसके सहारे कितनी सुखद कल्पनाएँ की जा सकती हैं। यह आभास बना रह सके, इसके लिए आवश्यक है कि इधर कामिनी से बिगाड़ न किया जाए और उधर मनमथ बाबू के हित को सर्वोपरि माना जाए।

इसी उधेड़-बुन में शन्नो जीजी को सहसा याद आया कि मनमथ बाबू ने कामिनी को मिलते ही एक खुशखबरी सुनाने के लिए कहा था। अपना माथा पीटते हुए उन्होंने कहा, "लो इस बेकार की बहसबाजी में मैं तो भूल ही गयी थी। मनमथ बाबू एक बड़ी बिजनेस में साझीदारी हो गये हैं। है न खुशखबरी!"

सुनकर कामिनी सचमुच बहुत खुश हुई। शन्नो जीजी के लिए जो कटुता मन में पैदा हुई थी वह फौरन धुल गयी। उसने अपनी बाँहों को जीजी के गले में हार बना दिया—"जीजी सच!"

"और नहीं तो झूठ।" शन्नो जीजी ने सन्तुष्ट स्वर में कहा, "बराबरी के साझीदार हैं। कहते हैं कि भगवान ने चाहा तो देखते-ही-देखते मालामाल हो जाएँगे।"

"कब से शुरू किया बिजनेस? दफ्तर कहाँ है? फोन है वहाँ?" कामिनी ने प्रश्नों की झड़ी-सी लगा दी।

"यह तो मुझे भी नहीं पता। वे तो इस बारे में किसी को कुछ बताना ही नहीं चाहते। इसीलिए तुझे भी नहीं लिखा। जब कुछ काम जम-जमा गया तो मुझे बताया और तुझे भी आते ही बता देने को कहा। कुछ इम्पोर्ट-एक्सपोर्ट का काम है शायद। कहते हैं जब लाखों की माया जोड़ लूँगा तब बताऊँगा और तब शायद बताने की जरूरत ही नहीं पड़े। लोग तो ऐसे दौलत के दीवाने हैं कि दौलत ही उनके लिए सबसे बड़ी लियाकत है।"

कामिनी समझ गयी कि यह इशारा पिताजी की ओर है। वह अब

भी पिताजी को दौलत को ही लियाकत मानने वाले दुनियादार का दर्जा देने को तैयार नहीं थी। लेकिन साथ ही वह पिताजी का बचाव करने के कर्त्तव्य से भी अपने को मुक्त मानने लगी थी।

शन्नो जीजी ने पूछा, "और मामाजी कुछ मुलायम पड़े?"

"नहीं।"

"और तू? अपनी बात पर जमी हुई है कि ढुलमुल हो गयी है? सुना है गुणवधंती बुआ तेरा कहीं और रिश्ता पक्का करा रही हैं।"

"मेरा फैसला पक्का है।" कामिनी ने कहा, "और पिताजी भी अपनी जगह दृढ़ हैं। इसलिए मैं कामिनी की हैसियत से विवाह करने के लिए लौटी हूँ उत्तराधिकारिणी की नहीं। पिताजी वसीयतनामा बदल देंगे। मुझे कोई चिन्ता नहीं।"

"तू तो बहुत बहादुर बिटिया बनकर लौटी है री।" शन्नो जीजी ने दाद दी और फिर दुनियादारी का अलाख जगाया, "लेकिन यों इतनी बड़ी दौलत ठुकरा देना भी तो ठीक नहीं।"

"मुझे दौलत की क्यों परवाह हो जब मनमथ बाबू को नहीं है।"

"और जो उन्हें हो तब?"

"वह ऐसे आदमी नहीं हैं। उन्हें मुझे अपनी सम्पत्ति से वंचित करना भले ही बुरा लगता हो, वह मेरी सम्पत्ति के भूखे हरगिज नहीं हैं। और अब तो उन्होंने बिजनेस भी शुरू कर दिया है। हमारे पास किसी बात की कोई कमी नहीं रहेगी। और रहे तो हम भुगत लेंगे। वह चाहें तो शौक से कहीं भागकर गठबन्धन कर लें।"

शन्नो जीजी ने प्रतिवाद किया, "कमरा नहीं खोला गया था मामाजी। आपसे जो भी ऐसा कह रहा है, झूठा है। उसका नाम तो बताइए ज़रा।"

डॉक्टर साहब ने सख्ती से जवाब दिया, "उसका नाम हैं डॉक्टर बी.डी. राज। डॉक्टर राज के आँखें हैं कि देख सकें क्या उलट-पलट की गयी है। डॉक्टर राज की याददाश्त भी अच्छी है। वह भूलते नहीं कि कौन चीज़ कहाँ और किस तरह रखी हुई थी, समझीं? अब यह तमाशा खत्म होना चाहिए वरना ठीक नहीं होगा।"

शन्नो जीजी अपने कमरे में लौटकर फौरन मनमथ बाबू को विस्तार से पत्र लिखने बैठ गयी।

मनमथ बाबू आखिर बहुत बुलवाने पर तीसरे दिन कामिनी से मिलने आये। बताया कि बिजनेस में व्यस्त होने के कारण ही ऐसी बदतमीजी करनी पड़ी, वरना वह तो पहले ही दिन मिलने के लिए लालायित थे। फिर उन्होंने कामिनी को ऊपर से नीचे तक टटोल डाला और हँसकर कहा, "बदस्तूर स्वस्थ और सुन्दर। खेप सही-सलामत पहुँची हं।"

कामिनी तुनककर बोली, "मैं कोई खेप हूँ।"

मनमथ बाबू मुस्कराये, "हम बिजनेस वालों को हर कहीं माल ही नज़र आता है।" और उनकी बाँहों ने कामिनी की कमर का घेराव कर लिया।

इस उक्ति की अशिष्टता कामिनी को प्रीतिकर रूप से चौंकाने वाली लगी। इतना खूबसूरत, इतना खाया-खेला दुनिया-देखा नौजवान उस जैसी रूपगुणहीन युवती का इतना अन्तरंग बन चला है यह उसे अपने भाग्य सराहने लायक बात मालूम हुई। इतनी लम्बी-चौड़ी यात्रा में इतने सारे देशों में मनमथ बाबू जैसा बाँका नौजवान कहीं देखने में नहीं आया। ऐसा विरला युवक उस जैसी मामूली युवती को प्रगाढ़ प्रेमालिंगन में बाँधे हुए है। मनमथ बाबू के होंठों के दबाव से अपने मुँह को मुक्त करके कामिनी ने हाँफते हुए-से स्वर में पूछा, "तुम मेरे हो? बिल्कुल मेरे?"

मनमथ बाबू ने हँसकर जवाब दिया, "यह मत पूछो, बस ऐसा समझ लो कि तुम मेरी हो, मेरी खेप।" और कामिनी कुछ कहे इससे पहले ही उन्होंने चुम्बन गतांक से आगे जारी कर दिया।

कामिनी के अन्तर में वही अनजानी-सी कामना करवटें बदलने लगी। मगर इस अन्यतम आकर्षण को वह समर्पण के क्षण का रूप देती इससे पहले उसका विवेक यह बोल उठा कि इस घर को छोड़कर ही वह वधू बन सकती है। किसी तरह अपने को मनमथ बाबू के आतुर आलिंगन से मुक्त करके उसने कहा, "मैं कुछ जरूरी बातें करना चाहती थी।"

मनमथ बाबू इस बदरंग प्रस्ताव से कुछ निराश हुए लेकिन अपनी निराशा को औपचारिकता में छिपाये हुए उन्होंने न्यौता दिया, "कहो।"

"पिताजी किसी तरह राजी नहीं होते और हमें उनकी रज़ामन्दी

की अब उम्मीद भी नहीं करनी चाहिए।"

"तुम्हें दुःख पहुँचेगा सो?"

"अब मुझे उसकी कोई परवाह नहीं है।"

"मगर मुझे तो है।" मनमथ बाबू ने बुजुर्गाना स्वर में कहा, "मेरी प्रेमिका पति को पाने के क्रम में पिता को बिल्कुल ही खो बैठे यह मैं कैसे बर्दाश्त कर सकता हूँ? हमारे लिए सबसे बड़ी खुशी का मौका इतना तल्खी में लिपटा हुआ आये, वह भला कैसे हो सकता है? हमें विवाह करना है, जीवन भर का दुःख नहीं पालना है।"

"यह अब सोचना बेकार है। पत्थर से सिर मारकर हमें कोई सुख मिलने से रहा।"

"तुम तो बहुत जल्दी हिम्मत हार बैठी हो?" मनमथ बाबू ने कहा, "मैं यों हार नहीं मान सकता।"

"हमारी शादी तुम्हारी हार कैसे होगी?"

"एक माने में होगी। यह माना जाएगा कि मुझमें जरूर कुछ-न-कुछ खोट रहा होगा जो विवाह विधिवत् नहीं हो सका। हमारे सम्बन्ध पर सामाजिक पैतृक मुहर नहीं लग सकेगी। हमारे बच्चे का भविष्य अन्धकारमय हो जाएगा।"

"ऐसा कुछ नहीं होगा। हमें किसी की मदद या मुहर की ज़रूरत नहीं है। क्या तुम व्यापार में सफल नहीं होने वाले हो? शन्नो जीजी तो कह रही थीं...।"

"ठीक ही कह रही थी। मगर मैं भौतिक सुख की बात नहीं कर रहा हूँ, आखिर नैतिक सुख-सुविधा जैसी भी तो कोई चीज़ होती है। वह भी तो बच्चों को मिलनी चाहिए। और फिर मेरे स्वाभिमान का भी तो सवाल है। तुम्हारे पिताजी ने मेरे मुँह पर मुझे बुरा-भला कहा है और पीठ-पीछे तो बाकायदा मुझ पर निराधार आरोप लगाये हैं। उन्होंने मेरे पीछे जासूस छोड़ रखे हैं और मेरे बारे में इतनी तहकीकात करा रहे हैं जितनी पुलिस वाले सन्दिग्ध हत्यारे के बारे में भी नहीं करवाते होंगे। इसलिए यह जरूरी है कि मैं बराबरी की हैसियत से उनके सामने प्रस्तुत हो सकूँ और बाकायदा गाजे-बाजे के साथ बारात लेकर यहाँ शादी करने आऊँ। बिजनेस अब चमकने ही वाला है और उसके चमकते ही डॉक्टर साहब की निगाहों में मैं भी चमचमा उठूँगा। थोड़ा और धैर्य रखो। तुम पिताजी से इस बारे में कोई बात न करो,

मैं खुद उन्हें समझा लूँगा।"

"भगवान के लिए ऐसा मत करना। अधिक ठोकरें खाने से कोई फायदा नहीं है मनमथ।" कामिनी के स्वर में याचना थी, "मैं जानती हूँ कि वह अपना फैसला नहीं बदलेंगे। मैं जानती हूँ कि वह हमारी किसी भी तरह से कभी कोई मदद नहीं करेंगे। मुझे पता है कि इसकी वजह क्या है?"

"मनमथ बाबू ने नादान बच्ची की बातों से परेशान बुजुर्ग की मुखमुद्रा धारण करे हुए कहा, "अगर वजह का पता है तो उसे दूर करो।"

"वह दूर हो ही नहीं सकती और क्योंकि वह दूर नहीं हो सकती इसलिए मेरे पिताजी कभी न मुझे माफ कर सकते हैं, न अपना प्यार दे सकते हैं।"

"क्या बकवास करती हो!"

"बकवास नहीं, यह सच है कि मेरे पिता मुझसे घृणा करते हैं। इसके लिए मैं उनके दुर्भाग्य की निशानी हूँ। मुसे जन्म देने में मेरी माँ की मृत्यु हुई। पिताजी ने अपनी सुन्दर प्रतिभावान पत्नी की हत्यारी इस पुत्री का वही नाम रखा जो पत्नी का था—कामिनी। इस उम्मीद में कि यह पिता के दुर्भाग्य की निशानी नहीं, माता की यादगार सिद्ध होगी। लेकिन मेरे रूप-रंग, चाल-ढाल हर बात ने उन्हें निराश किया है। मेरी कोई बात उन्हें अपनी पत्नी की याद नहीं दिला सकती। मुझे देखकर अगर उन्हें कुछ याद आ सकता है तो यही कि कैसा हीरा खोकर यह काँच का टुकड़ा पाया। पिताजी की इस निराशा का आभास मुझे पहले भी था, लेकिन इस निराशा से उपजी घृणा से मैं अपरिचित थी। यूरोप की यात्रा में एक दिन यह घृणा भी उजागर हो गयी। उन्होंने तुम्हारे बारे में एक-से-एक गन्दी बातें कहीं और धमकी दी कि उस सूने बर्फानी इलाके में अकेला छोड़कर चले जाएँगे, जान से मार देंगे। अपनी समझ से वह यह सब केवल मुझे डराने के लिए कह रहे थे लेकिन इन धमकियों में उनके अन्तर्मन की आवाज साफ सुनाई दे रही थी। उस क्षण मुझे लगा कि जिन्हें मैं अपना पिता मानती आयी थी वह मुझे अपनी पुत्री नहीं मानते।"

मनमथ बाबू इस लम्बे-चौड़े भाषण से उकता गये। अपनी खोपड़ी की ओर इशारा करके बोले, "तुम्हारे यहाँ ऐसा लगता है सबके ही

एक-आध पेंच ढीले हैं।"

"ऐसी बातें मत कहो मनमथ। जिस भावना ने मुझे सारा अतीत ठुकरा कर अपना भविष्य तुमसे बाँध लेने को प्रेरित किया है उसे मेरा सिरफिरापन मत ठहराओ। पिताजी मेरे लिए पूज्य हैं, उनसे इस तरह अलग होने का सदमा मुझे बहुत भारी पड़ रहा है। तुम्हारा प्यार ही मुझे सँभाल सकता है। मैं तुम्हारी शरण में हूँ।"

मनमथ बाबू ने कुछ उसी आये-गये अन्दाज से कामिनी को थपकियाँ दीं जैसे साहब लोग अपने पालतू कुत्ते को देते हैं। कामिनी सुबकने लगी। मनमथ बाबू "धीरज रखो, सब ठीक हो जाएगा" का मन्त्र यन्त्रवत् उचारते गये। उन्होंने कामिनी को फिर अंक में भर लिया और कामिनी कहती ही रह गयी कि "इस घर में नहीं। कहीं और कहीं और...मुझे यहाँ से ले जाओ मनमथ।"

●●

डॉक्टर राज अब अपनी बिटिया के भविष्य के विषय में खासे निश्चिन्त हो चले थे। उन्हें पूरा विश्वास था कि कामिनी को उत्तराधिकारिणी के पद से हटा दिये जाने के बाद मनमथ बाबू की जमाई बाबू बनने की आतुरता खत्म हो जाएगी। यों कुछ रुपया ऐसा है जो कामिनी के ननिहाल से मिला हुआ है लेकिन उसे भी मुकदमेबाजी करके ही प्राप्त किया जा सकता है। पहले कामिनी से शादी करें और फिर दुनिया भर के कानूनी झमेलों में पड़कर कुछ प्राप्त करें, यह मनमथ जैसे सिद्ध लफंगे के चरित्र के प्रतिकूल होगा। हद से हद वह उसकी धमकी देकर कुछ वसूलना चाहेगा और औने-पौने में सौदा पट जाएगा। जब वह खुद ही कामिनी से विवाह का इरादा छोड़ देगा तब कामिनी उस रिश्ते के लिए राजी हो जाएगी जिसे गुणवन्ती बुआ तय कर रही हैं। लड़का लन्दन में है। कामिनी को देख चुका है, पसन्द कर चुका है। हर तरह से योग्य है। मनमथ के हट जाने के बाद कामिनी को कोई एतराज नहीं होगा और होगा भी तो धीरे-धीरे मान जाएगी। लड़का तो दस महीने के बाद आने वाला है विलायत से, तब तक कामिनी इस धोखेबाज को भूल चुकी होगी।

डॉक्टर साहब अपने इन तर्कों से इतने आश्वस्त हुए कि उन्होंने

फौरन अपनी बहन गुणवन्ती से मिलने और रिश्ते की बात को जल्दी से जल्दी पूरा कर लेने का फैसला किया। लौटते हुए सुपरिण्टेण्डेण्ट पुलिस घोरपड़े से मिलते आने का भी प्रोग्राम रखा। उससे मनमथ बाबू की नयी बिजनेस के बारे में कुछ पूछताछ करने का अनुरोध पिछले रविवार क्लब में उन्होंने किया था।

इधर डॉक्टर साहब घर से निकले उधर शन्नो जीजी ने बाहर जाने की तैयारी शुरू कर दी। आज मनमथ बाबू से शहर से दूर बसे उस पार्क में एकान्त मन्त्रणा का प्रोग्राम जो था। शन्नो जीजी मनमथ बाबू से उनके दफ्तर में मिलना चाहती थी लेकिन वह दफ्तर का अता-पता बताने को ही तैयार न थे। उनका कहना था कि पुराने शहर में है फिलहाल वहाँ आकर क्या करेगी, जब न्यू मार्केट में दफ्तर आ जाएगा तब आना। लिहाजा पार्क में मिलने की बात तय हुई। मनमथ बाबू मिले और खासी बेरुखी से। मगर शन्नो जीजी यह सोच-सोच कर खुश होती रही कि इस पार्क को प्रेमियों का अड्डा कहा जाता है। उन्होंने प्रेमिका वाले लहजे में शिकायत की, "आपके तो अब दर्शन ही दुर्लभ हो गये हैं। कामिनी जब से आयी हैं, आपने आना-जाना ही छोड़ दिया है और दफ्तर ही में हमें बुला लेते तो कौन नुकसान हो जाता भला? यहाँ कोई देख ले तो?"

मनमथ बाबू ने इसका एक नटखट-सा जवाब दिया जो भद्दा-सा होने पर भी शन्नो जीजी को मनमथ बाबू के मुँह से अच्छा लगा। यह उनकी मर्दानगी का सबूत था। शन्नो जीजी को यह सोच कर अफसोस हुआ कि कामिनी इस नानाविधि व्यक्तित्व के इस पक्ष से अब तक अपरिचित ही थी और अब तो शायद कभी परिचित हो भी नहीं। बेचारी शन्नो जीजी ने इस अफसोस को लगाम देते हुए पूछा, "तो अब क्या विचार है? शादी करके मुकदमा करने वाली योजना कैसी लगी आपको?"

मनमथ बाबू बोले, "ऐसी योजनाएँ और बनाईं तो मैं तुम पर मुकदमा कर दूँगा। अब कुछ नहीं धरा है, बन्दा इस मामले में पूरी तरह धराशायी हो चुका है। अब कामिनी को छोड़ ही देना होगा। बेकार के झमेले में पड़ने से फायदा?"

शन्नो जीजी को यह तर्क उचित जान पड़ा। कामिनी जैसी लड़की से विवाह करके नायक सदा सुखी रह सके तब तो ठीक है, मगर

उसे दर-दर टक्करें मारनी पड़ें यह सरासर अन्याय होगा। भला ऐसा रूपवान गुणवान युवक ऐसी मामूली लड़की की खातिर इतनी जहमत क्यों उठाए? और कामिनी को भी उसकी परेशानी समझनी चाहिए। इसी बात से सन्तोष करना चाहिए कि नायक ने उसे इतना प्यार किया। यह कोई जरूरी थोड़े है कि हीरो की हीरोइन से शादी हो ही जाए। शादी तो परमात्मा जहाँ चाहता है वहाँ होती है। यह क्या कम खुशकिस्मती है कि जिन्दगी में एक बार भरपूर प्यार मिला, और क्या कहते हैं, मीठी-मीठी सी एक टीस छोड़ गया।

मनमथ बाबू के सामने शन्नो जीजी ने फैसला रखा और वह बहुत कायल हुए। बोले, "यह मुझे नहीं, कामिनी को समझाओ।"

"समझाना इतना आसान कहाँ है, वह तो प्रेम-दीवानी हुई बैठी है।"

"देखो तुम मेरी सब कुछ होने का दम भरती हो तो इस मौके पर काम आओ नहीं तो झंझट ही झंझट है।"

"मैं दम नहीं भरती दिल की बात कहती हूँ, समझ लेना? जब मैं आपको इतना अच्छा मानती हूँ तब भला उसे कैसे समझा सकती हूँ कि आप बुरे हैं!"

"यह काम तो तुम्हारे मामाजी बखूबी कर लेंगे। मैंने कामिमी से कहा है कि मैं उनसे मिलूँगा। मुलाकात के बाद वह कुछ न कुछ झूठा-सच्चा गढ़ कर कामिनी को सुना ही देंगे। तुम तो बस फैसला सुनाओ उसे।"

शन्नो जीजी को नाटक का यह नाजुक मोड़ नीका लगा। जालिम जमाने ने हीरो को मजबूर कर दिया है कि वह हीरोइन को छोड़ दे। हीरोइन के लिए कोई और बरात लेकर जा पहुँचा है और हीरोइन दुःख में डूबी हुई है। हीरोइन की सखी आती है, उसे समझाती है। रोते-रोते हीरोइन का सिंगार कराती है, वगैरह, वगैरह।

शन्नो जीजी इसी कल्पना में खोयी हुई थीं कि मनमथ बाबू ने कहा, "उससे कहो कि उसकी आत्मा तुम्हारे और मामाजी के सम्बन्ध बिगाड़ने को तैयार नहीं हो पायी।"

शन्नो जीजी ने इस सूझ को मनमथ बाबू की प्रतिभा का एक और सबूत माना। वह कामिनी का गम इसी तर्क के आधार पर गलत करा देने के लिए तैयार हो गयी। लेकिन उसका आग्रह यह रहा कि मनमथ

बाबू सदा के लिए कामिनी के जीवन में से हट जाने से पहले एक बार अन्तिम विदा लेने जरूर जाएँ। अन्तिम विदा का दृश्य उनके ख़याल से पहली मुलाकात जितना ही महत्त्वपूर्ण होता है। उसके बिना नाटक अधूरा-अधूरा-सा रह जाएगा। लिहाजा उन्होंने किसी तरह जोर देकर मनमथ बाबू को कामिनी से बस एक बार और मिलने और विधिवत, विदा-चुम्बन अंकित कर आने के लिए राजी करा लिया।

●●

शन्नो जीनी ने कोशिश की मगर वह मनमथ बाबू के प्रेम-वेदी से भाग खड़े होने के रास्ते पर फलसफे के फूल बिछवा नहीं सकी। कामिनी को उनका 'समझाना-बुझाना' आश्चर्यजनक रूप से अकारण लग रहा था। मनमथ बाबू तो कुछ नहीं कह रहे हैं और यह खटराग अलापे जा रही हैं। मन में एक संशय कौंधा—कहीं जीजी खुद तो मेरी प्रतिद्वन्द्वी नहीं बनी हुई हैं? क्या गुणवन्ती बुआ इशारों-इशारों में जो बात कहना चाह रही थीं वह सच तो नहीं है? संशय ने क्रोध को जन्म दिया और कामिनी ने पहली बार शन्नो जीजी को बुरी तरह डाँट दिया। उसने फैसला किया कि कुछ और अप्रिय हो इससे पूर्व ही मनमथ बाबू के साथ कहीं दूर बहुत दूर भाग कर चले जाना ठीक रहेगा। मगर मनमथ बाबू इधर फिर बिजनेस में बिजी हो गये थे और पिताजी और गुणवन्ती बुआ उसकी शादी पक्की कराने में ऐसे जुटे हुए थे मानो मनमथ बाबू की ओर से ना ही हो चुकी हो।

आखिर एक दिन मनमथ बाबू प्रकट हुए। बेचैन मालूम होते थे। बताया कि तबीयत ठीक नहीं रहती। काम बहुत ज्यादा है। पैसों की तंगी है।

कामिनी ने कहा "आपको तो अब पैसों की ही चिन्ता रहती है।"

मनमथ बाबू जो अब तक दया के लिए जाल फैलाए हुए थे, फौरन क्रोध का नुस्खा अजमाने लगे, "मैं भी रईसजादा होता तो इसी तरह बात करता। तुम्हें यह जताने की जरूरत नहीं है कि तुम रईस बाप की बेटी हो। यह सारी दुनिया मुझे रोज बता रही है और तुम्हारे पिताजी तो खैर लाउड-स्पीकर लेकर बताते रहे हैं।"

"आप ऐसी बातें कहकर मुझे दुःख पहुँचा रहे हैं। आपने वादा किया

था कि मुझे दुःख नहीं देंगे, सब कुछ ठीक-ठाक खुद करा देंगे।"

"क्या तुम ही दुखी हो, मुझे कोई दुःख नहीं है? क्या मुझे कोई सोच-विचार नहीं करना है? अपने पाँवों नहीं खड़ा होना है? गर्व से तुम्हें ग्रहण कर सकने योग्य नहीं बनना है?"

"आपको जो करना हो करो, मैं तो कर चुकी और भर पाई।"

"मैं तुम्हारे पिताजी से मिलूँगा।"

"जरूर मिलो। जो चाहो, सो करो। मगर मुझे हर काम में, हर बात में अपने संग रखो।"

मनमथ बाबू को यह मौका मौजू मालूम हुआ। आह भरकर बोले, "कुछ काम ऐसे भी होते हैं जो संग रहकर नहीं किए जा सकते—मसलन जुदा होना।"

"जुदाई की बात क्यों करते हैं!"

"वजह बताऊँगा मगर पहले यह वादा करो कि तुम तिरिया-चरित्तर नहीं दिखाओगी।"

"मैं चरित्तर करना नहीं जानती।"

"क्यों, क्या तुम तिरिया नहीं हो।" मनमथ बाबू ने कामिनी को कुछ बेहूदगी से घूरते हुए कहा और फिर हँस पड़े। फिर आये-गये स्वर में बोले, "मुझे बिजनेस के सिलसिले में पहले बम्बई और वहाँ से न्यूयॉर्क जाना है। महीने-दो महीने में लौट आऊँगा।"

"मैं साथ चलूँगी।"

"यह सम्भव नहीं है, मैं बिजनेस के काम से जा रहा हूँ।"

"बिजनेस कोई चोरी तो नहीं है।"

"तुम्हें क्या पता? अपने पिताजी से पूछो न। वह बताएँगे कि मनमथ बाबू चोरी की बिजनेस में हैं।"

"चोरी सही, मैं साथ जाऊँगी। अब मैं रुक नहीं सकती। इस घर से मुझे ले चलिए अपने साथ।"

"तुमने तो कहा था चरित्तर नहीं दिखाऊँगी।"

"मैं चरित्तर नहीं दिखा रही हूँ। मैं दया की भीख माँग रही हूँ।"

"भीख इतने रुआब से।" मनमथ बाबू हँसे, "अच्छा, चलो तो तुम जैसा कहो वैसा करेंगे। भाड़ में जाए बिजनेस।"

कामिनी इस बदले हुए पैंतरे से अचकचा उठी। यह मजाक है या गम्भीर प्रस्ताव? बहरहाल, उसने कहा, "नहीं बिजनेस के लिए

बम्बई-न्यूयॉर्क जरूर जाओ मगर मुझे साथ लेकर। बम्बई कब जाना है?"

"परसों सुबह।"

"तो ठीक है। मैं कल रात सब लोगों के सो जाने के बाद पिछवाड़े की सीढ़ियों से उतरूँगी और वहीं सीढ़ियों के नीचे आपसे मिलूँगी। आप टैक्सी लेकर आइएगा और पीछे की गली के नुक्कड़ पर उसे रुकवा लीजिएगा। उधर फेंस एक जगह से टूटी हुई है, मैं आपको दिखा दूँगी।"

"बहुत ख़ूब, और चौकीदार?"

कामिनी यह योजना जाने कितने दिनों से अपने दिमाग में बनाती-बिगाड़ती रही थी लेकिन इस मुद्दे पर उसका ध्यान नहीं गया था।

"कितनी भोली और गैर-दुनियादार हो तुम कामिनी। अब भी समझ लो कि इस तरह भागना न आसान है, न अच्छा।"

"मैंने खूब सोच लिया है।"

मनमथ बाबू ने कन्धे उचकाते हुए कहा, "तो ठीक है। तुम मुझे सिर्फ यह बता दो कि किस वक्त तक तुम नीचे आ सकोगी। बाकी मैं सँभाल लूँगा।"

"मगर चौकीदार?"

"वह तो खासा बीमार और बूढ़ा-सा है। ताकत की गोली के नाम पर उसे डॉक्टर साहब की अलमारी में से कोई नींद की गोली खिला दो बस।"

यह प्रस्ताव कामिनी को घटिया मालूम हुआ लेकिन मुक्ति का विचार इतना बढ़िया था कि इसके घटियापन को आसानी से ढक ले गया। मनमथ बाबू ने ब्योरे की और भी बातें समझीं और समझाईं। तय पाया गया कि कल रात के ठीक एक बजे प्रेमी पलायन करेंगे और फिर बम्बई से तार द्वारा यह सूचना भेज देंगे कि विवाह हो चुका है।

●●

कामिनी बेताबी से मुक्ति के क्षण की प्रतीक्षा करने लगी। यह मुक्ति का ही नहीं, विजय का भी क्षण होगा। उस प्यार की जीत का प्रतीक

जिसने पैसे को ठुकरा दिया। मनमथ बाबू ने जाते-जाते कहा था कि इस तरह सब कुछ छोड़कर जाना ठीक नहीं, अब भी समझ लो और उसने दृढ़ता से उत्तर दिया था कि मेरे तो तुम ही सब कुछ हो, तुम्हें छोड़कर मैं कुछ भी नहीं पाना चाहती। इस संकल्प की सफलता का मुहूर्त अब पास आ चला था। कामिनी का दिल बुरी तरह धड़क रहा था और यह आशंका उसे खाए जा रही थी कि कहीं उसकी योजना पिताजी और शन्नो जीजी को तो नहीं मालूम हो गयी। मगर दोनों खासे बेखबर नजर आ रहे थे। पिताजी ने आज ही जेवर और साड़ियों के बारे में उसकी पसन्द पूछी और शन्नो जीजी ने प्रेम और विवाह के अन्तर पर विस्तार से प्रकाश डाला और मनमथ बाबू की असमर्थता के बारे में वही तर्क दोहराए जिन पर कुछ ही दिन पहले कामिनी ने उन्हें फटकार सुनाई थी। पिताजी, शन्नो जीजी, वे सब लोग कल आश्चर्य से डूब जाएँगे जब कामिनी इस घर में कहीं नहीं मिलेगी। और जब विवाह की सूचना देने वाला तार मिलेगा तब इन्हें और सारी दुनिया को यह मानना पड़ेगा कि कामिनी की भी अपनी कोई हैसियत है, कोई अलग शख्सियत है। कामिनी ने गुपचुप सारी तैयारी कर डाली और ब्योरे की वे तमाम बातें पूरी कीं जिनकी ओर मनमथ बाबू की व्यावहारिकता ने उसका ध्यान दिलाया था। रात को जब सब सो गये, वह अपना सूटकेस लेकर उठी। कमरे में टँगी माँ की तसवीर से उसने आँसू भरी विदा ली और फिर दबे पाँव गुसलखाने में लगी पिछवाड़े की लोहे की सीढ़ियों से नीचे उतर आयी। रात गहरा चुकी थी और चौकीदार बाहर तख्त पर नींद की गोली के प्रभाव से गाफिल पड़ा हुआ था। पिछवाड़े की गली में सन्नाटा छाया हुआ था। बीच-बीच में दूर कहीं सियार के भौंकने की आवाज सुनाई देती और फिर मोहल्ले के कुत्तों का जवाबी हमला गूँज उठता। मगर कामिनी के कान टैक्सी की प्रतीक्षित आवाज पर लगे हुए थे। उसकी आँखें कलाई घड़ी के चमकते डायल पर गड़ी हुई थीं। ज्यों ही किसी गाड़ी की आवाज सुनाई देती वह सतर्क होकर बैठ जाती और उसकी निगाहें घड़ी से हटकर पिछवाड़े की गली से लगी फेंसिंग पर टिक जातीं।

घड़ी की सुइयों में सारी रात कट गयी। मगर वह घड़ी नहीं आयी। नहीं आयी। जब शुक्र भी उगकर डूब गया तब कामिनी को अन्तिम पराजय स्वीकार करनी पड़ी और पिछवाड़े की उन्हीं लोहे की सीढ़ियों

से ऊपर चढ़ना पड़ा। उसे ऐसा महसूम हो रहा था कि उसके पाँवों में, उसके सूटकेस में किसी ने लोहा भर दिया है।

●●

बाहर की ठण्ड से बिस्तर की नरम-नरम गोद में पहुँचकर कामिनी का पीड़ित तनाव राहत का मोहताज हो गया। सामने माँ की तसवीर टँगी हुई थी जिससे कोई चार घण्टे पहले वह आँसू भरी विदाई लेकर अपने प्रेमी के साथ पलायन करने चोरी-छिपे नीचे गयी थी। और अब उसे निराश होकर लौटना पड़ा है। कामिनी को ऐसा महसूस हुआ कि आहत-अपमानित बच्ची दुनिया से हारकर माँ की गोद में मुँह छिपाने लौट आयी है। तकिये से चिपका हुआ उसका चेहरा गर्म-गीला होता चला गया और फिर वह सहसा जोर से बिलख उठी। तभी दरवाजे पर दस्तक हुई और शन्नो जीजी का चिन्तित स्वर सुनाई पड़ा, “कामिनी, क्या हुआ री?”

कामिनी फौरन सावधान होकर बैठ गयी। उसने सोचा कि ऐसे रोने-धोने से काम नहीं चलेगा। दुनिया उसके अपमान का अनुमान भले ही कर ले, वह खुद इस बात का ढिंढोरा नहीं पीट सकती। और फिर अपमान हुआ ही है, यह अभी क्या ठीक, हो सकता है कि मनमथ बाबू किसी खास वजह से न आ सके हों या उसके दुराग्रह और पिताजी की जासूसी से परेशान होकर बिजनेस के सिलसिले में अकेले बाहर चले गये हों और कुछ समय बाद उसे अपनाने के लिए लौट आएँ। बहरहाल, जो भी पूछे उसे ऐसा ही जताना होगा कि कुछ भी नहीं हुआ है। आँसू पोंछ-पाँछकर और सूटकेस को चारपाई के नीचे खिसकाकर कामिनी ने दरवाजा खोला और नकली उबासियाँ लेते हुए शन्नो जीजी को बताया कि मैं तो नींद में ही रो रही थी, शायद कोई बुरा सपना देखा होगा।

शन्नो जीजी का मन इस उत्तर से विशेष आश्वस्त नहीं हुआ और उन्होंने यह नेक सलाह दी कि तुझे कोई दुःख हो तो जीजी को बताने में हिचकना मत री।

ब्रेकफास्ट टेबल पर कामिनी स्वस्थ-प्रसन्न बनकर प्रस्तुत हुई। शन्नो जीजी ने बुरा सपना देखकर कामिनी के रोने की चर्चा की और कामिनी

ने जीजी पर तिल का ताड़ बनाने का आरोप लगाया। डॉक्टर साहब ने कहा कि बुरा सपना बीत गया हो तो खुशी की बात है। अब सुन्दर सपने की तैयारी करो। लड़का राजी हो गया है। अगली बरसात तक लन्दन से लौट आने वाला है, अक्तूबर वक्तूबर तक शादी कर देंगे।

डॉक्टर साहब सुयोग्य वर की चर्चा करते रहे और कामिनी तथा शन्नो की राय लेते रहे। शन्नो ने उसे सिर्फ एक बार देखा था मगर वह सुनी-सुनाई के आधार पर उसकी तारीफ के पुल यों बाँधती रही मानो वर्षों तक उसके साथ रही हो। कामिनी लन्दन में लड़के से मिल चुकी थी और यूरोप-यात्रा में भी कुछ समय तक वह साथ रहा था। उसमें एक वर की हैसियत से कोई कमी या कोर कसर नहीं थी लेकिन कामिनी किसी और को वर चुकी थी। लिहाजा इस व्यक्ति का अनुमोदन करने-न-करने का कोई सवाल उसके समक्ष नहीं था। वह उसके बारे में ऐसे बातें कर सकती थी जैसे इससे उसका कोई सीधा सरोकार न हो। डॉक्टर राज ने बेटी के इस तेवर का गलत अर्थ लगाया। उन्हें लगा कि बिटिया रानी प्रेम के चूहे खाने के बाद सयानी हो चली है। किसी तरह से उन्होंने अपनी जबान को ऐसा कह देने से रोका। उन्होंने यह भी नहीं बताया कि मनमथ बाबू से उनकी मुलाकात हो चुकी थी।

मुलाकात ही नहीं, सौदा भी। एक धमकी मनमथ बाबू की थी—कामिनी से उनके विरोध के बावजूद शादी कर लेंगे और फिर कानूनी कार्रवाई शुरू करेंगे, ननिहाल वाला पैसा तो फौरन ही देना होगा, बाकी सम्पत्ति भी देर-सवेर देनी ही पड़ेगी। एक धमकी डॉक्टर साहब की थी—पुलिस मनमथ बाबू पर निगाह रखे हुए है और धूप, अगरबत्ती, चन्दन, रोली जैसी पूजा सामग्री का यूरोप और अमेरिका के हिप्पियों के लिए निर्यात करने वाली उनकी बिजनेस का कुछ और भी मकसद हो सकता है, यह उससे छिपा नहीं है। पुलिस के पास कोई प्रमाण नहीं था और बिजनेस में पैसा लगाने वाले लोग नगर के प्रतिष्ठित व्यक्ति थे। बहरहाल, डॉक्टर साहब ने तीर नहीं तो तुक्का वाली मनःस्थिति में धमकी दे डाली थी। और सौभाग्य से वह कारगर भी हुई थी। सौदा औने-पौने में हो गया था। डॉक्टर साहब निश्चिन्त थे कि मनमथ बाबू अब कामिनी की जिन्दगी में आ जाएँगे।

डॉक्टर साहब ने एक पैनी निगाह कामिनी पर डाली। वह सर्वथा स्वस्थ प्रसन्न नज़र आ रही थी।

●●

डॉक्टर साहब के दवाखाने चले जाने के बाद शन्नो जीजी का फलसफा हाथ धो कर कामिनी के पीछे पड़ गया। फलसफे का हर अध्याय समाप्त होने पर वही सवाल-जवाब होता।

"मुझे लगता है कि तू मन में कोई दुःख छिपाए बैठी है री। कह दे। कह देने से, क्या नाम कहते हैं, जी हल्का हो जाता है।"

"मुझे कुछ नहीं हुआ है जीजी।"

"देख कामिनी, तेरे-मेरे बीच कभी कोई छिपाव-दुराव नहीं रहा है। समझी ना? सुख-दुख के साथी हैं हम। फिर मुझसे क्या पर्दा। तेरे दुःख में मैं हिस्सा ना बँटाऊँ, भला क्या बात हुई?"

"मुझे कोई दुःख नहीं है।"

"तुझे बताते हुए संकोच होना आवश्यक है, मगर मैं जानती हूँ कि तुझे दुःख है।"

"अगर जानती ही हैं तो फिर पूछती क्यों हैं? आप अपनी गलतफहमी में आश्वस्त रहिए, मुझे कोई आपत्ति नहीं।"

"और मुझे मदद की कोई जरूरत नहीं है। प्लीज, भगवान के लिए मुझे इस बेवक्त की हमदर्दी से बोर मत कीजिए।"

शन्नो जीजी कुछ देर के लिए चुप हो जातीं, मगर फिर उनसे रहा न जाता। वह फलसफे का एक और अध्याय छेड़ देतीं और अध्याय के बाद वही सवाल, वही जवाब। आखिर तंग आकर कामिनी ने कहा कि हाँ, मैं बहुत दुःखी हूँ, चलो सुख-शान्ति माँगने मन्दिर चलें। शन्नो जीजी को यह प्रस्ताव सुन्दर प्रतीत हुआ। हीरोइन दुःख को प्रभु का दिया मान रही है और प्रार्थना कर रही है कि तेरे दिए दुःख को मैं ग्रहण और वहन कर सकूँ, ऐसी शक्ति दे।

मन्दिर से बाहर निकलते हुए कामिनी न जाने कहाँ गायब हो गयी। शन्नो जीजी का दिल धक् से रह गया। कई तरह की सम्भावनाएँ और आशंकाएँ उनके दिमाग में चक्कर काटने लगीं। कहीं मनमथ बाबू ने किस्सा खत्म करने का फैसला तो नहीं कर लिया और कामिनी को शादी करने के लिए ले भागे। यह सम्भावना शन्नो जीजी को बहुत बुरी नहीं मालूम हुई क्योंकि नाटक का उन्होंने शुरू में यही चरमोत्कर्ष निश्चित किया था। मगर मनमथ बाबू तो कामिनी से 'अन्तिम विदा'

ले चुके थे और जाने से पहले शन्नो जीजी के कमरे में आकर बता गये थे कि कामिनी हठधर्मी छोड़ नहीं रही है लिहाजा मैंने कुछ समय के लिए इस नगर से गायब हो जाने का फैसला कर लिया है, तुम समझा-बुझा कर डॉक्टर साहब की मर्जी से शादी करने के लिए राजी करा लेना इस बीच। और मनमथ बाबू उन आदमियों में से नहीं जो फैसले इतनी जल्दी बदल देते हैं।

तब? कहीं कामिनी नदी-वदी में कूदने या रेलगाड़ी के नीचे कट मरने तो नहीं चली गयी? या क्या पता घर जाकर नींद की गोलियाँ घातक मात्रा में लेकर लेट गयी हो। हीरोइन की आत्महत्या उनके नाट्यकार मन को चरमोत्कर्ष के लिहाज से बहुत बुरी नहीं लगी। इसमें चिता पर टप-टप टपकती पश्चात्ताप की आँखों का प्रभावशाली दृश्य उभरने की गुंजाइश थी।

"मरी जाने कहाँ चली गयी?" शन्नो जीजी बार-बार अपने से ही पूछती रहीं और मन्दिर के आस-पास के सारे इलाके में कामिनी को ढूँढ़ती रहीं। मगर वह मिली नहीं। शन्नो जीजी टैक्सी पकड़ कर घर पहुँची। भाड़ा चुका कर कामिनी के कमरे की ओर लपकी। कामिनी दरवाजे पर खड़ी हुई मिल गयी। शन्नो जीजी ने फटकार सुनाई, "ले तू वहाँ से भाग आयी और मेरी तो जान ही निकल गयी। कहाँ चली गयी थी तू?"

"बाहर भीड़ में आप मुझे मिलीं नहीं, तो मैं बस से चली आयी।"

"तू मुझे ऐसे बेसिर-पैर के जवाब क्यों देने लगी है री, मुझ पर विश्वास रख। मुझे कुछ बता।"

"क्या बताऊँ?"

"अपना रहस्य, अपना दुःख। छिपाने की कोई जरूरत नहीं। मुझे सब मालूम है। बल्कि, बल्कि वह तो मुझसे कह गये थे कि तुझे समझा-बुझा दूँ।"

"मुझे इसकी कोई जरूरत नहीं।"

"कामिनी, भाग्य से लड़ना बेकार है। लोग मिलते हैं और बिछुड़ते हैं। जो बात कल तक थी, आज नहीं है। परिवर्तन प्रकृति का सनातन नियम है।"

"मैं अपने इरादे पर कायम हूँ। मुझे आप यह सब क्या समझा रही हैं।"

"लेकिन क्या नाम कहते हैं, मेरा मतलब है मनमथ बाबू तो अपनी योजना बदल चुके हैं।"

"यह आप क्या बकवास कर रही हैं!"

"क्यों, क्या उन्होंने तुझसे नहीं कही—यानी एक बार फिर से क्या नाम कहते हैं अजनबी हो जाने की बात?"

"हमारा रिश्ता कायम है।"

"तो मुझसे गलती हुई। यह बात अभी तुमसे नहीं कहनी चाहिए थी।"

"चाहे जब आप कहतीं, यह इतनी ही बेहूदी और बेरहम बात मानी जाती।"

"तू तो बात को कहाँ से कहाँ ले जा रही है, कामिनी। मैंने तो सिर्फ इतना पूछा था कि मन्दिर से कहाँ चली गयी।"

"यही सुनने के लिए ना कि मैं पागलों की तरह उन्हें ढूँढ़ने निकली और वह मुझे मिले नहीं। बस यह खबर मिली कि वह कहीं चले गये हैं और कोई पता नहीं छोड़ गये हैं।" कामिनी रुआँसी आवाज में चीख उठी, "जब तुम्हें सब पता है तो यह बताओ कि वह कहाँ गये? कहाँ गये?"

"मुझे भगवान कसम इस बारे में कुछ भी पता नहीं है।" शन्नो जीजी ने कहा, मैं तो इतना ही कहना चाहती हूँ कि जब प्रीत जग की रीत के सामने झुक कर जुदाई का फैसला कर लेती है तब मन मारकर हार स्वीकार कर लेना ही अच्छा है।"

"किसने फैसला किया? कब किया? फैसले एकतरफा कैसे हो सकते हैं? या कि मेरी तरफ से फैसला करने का ठेका आप लिये बैठी थीं? यह सब आपका किया-धरा है। आपने ही उन्हें बरगलाया। इससे आपको भला क्या मिल गया? आप इस मामले में टाँग अड़ाने वाली होती कौन थीं?"

"इसलिए कहते हैं नेकी कर कुएँ में डाल। मैं तो हमेशा तेरी भलाई की बात सोचती रही। भगवान झूठ न बुलाये, मनमथ बाबू से जब भी बात की, तेरे भले-बुरे को ध्यान में रख कर की।"

"आपसे किसने कहा था बात करने को? आप ही ने फलसफा झाड़ कर सारे मामले को उलझाया।"

"अब यह तो तू रहने दे री! हाँ, मैं क्या नाम कहते हैं, फलसफा

नहीं झाड़ती, तो न वह कभी तेरी ओर फटकते और न तू कभी अपने क्रोशिए से आँख उठा कर उनकी ओर देख सकती।"

"तो क्या हो जाता?"

"कुछ नहीं। और अब भी क्या हुआ है? यही तो हम समझा रहे हैं कि वह क्या कहते हैं, अफसाना जिसे अंजाम तक पहुँचना, क्या कहते हैं न हो मुमकिन उसे खूबसूरत मोड़-वोड़ देकर खत्म करो।"

"आप मुझे सिर्फ इतना बता दीजिए कि बम्बई में उनका पता क्या है?"

"बम्बई? ले यह बात मैं तुझसे ही सुन रही हूँ और तू कहती थी कि जुदाई का कोई फैसला नहीं हुआ तुम दोनों में।"

कामिनी आहत शेरनी की तरह गरजी, "कोई फैसला नहीं हुआ है, कुछ भी नहीं बदला है। मैं कामिनी राज, मनमथ बाबू की मँगेतर हूँ और बेवकूफ लोगों की दखलन्दाजी के बावजूद वही रहूँगी भी।"

फिर सारे दिन कामिनी शन्नो जीजी से बोली नहीं। उसने अपना भूला-बिसरा क्रोशिया फिर उठा लिया और धागों की उलझनों में उलझ कर खुद की उलझन भुलाने लगी। अगले ही दिन उसे मनमथ बाबू का एक लम्बा-चौड़ा पत्र मिला जिसमें वही सारा फलसफा लिखा था कि पत्र स्टेशन से ट्रेन रवाना होने से कुछ ही समय पहले लिखा और डाक में डाला जा रहा है। नीचे अपने को "तुम्हारे लिए सर्वथा अयोग्य मनमथ" के रूप में प्रस्तुत किया गया था। 'कई और दर्दों से बचाने के लिए एक यह दर्द देना पड़ रहा है,' इस मजबूरी के लिए माफी माँगी गयी थी। आश्वासन दिया गया था कि 'जितनी तकलीफ तुम्हें होगी उससे दूनी मुझे हो रही है' और विवेक का धन्यवाद किया गया था कि "उसने मुझे तुम्हारे और तुम्हारी जिन्दगी भर की खुशियों तथा पारिवारिक कर्त्तव्यों के बीच से हट जाने का साहस प्रदान किया।"

कामिनी ने पत्र पढ़ा और शून्य की ओर ताकते हुए उसके छोटे और छोटे टुकड़े कर डाले और हवा के झोंके में छोड़ दिए। उसने अपने से कहा—"कुछ भी नहीं बदला है।" नये सिरे से वह क्रोशिए पर झुक गयी।

●●

डॉक्टर राज की गाड़ी पोर्टिको पर रुकी। उन्हें इतनी जल्दी लौट कर

आया देख कामिनी को कुछ चिन्ता हुई। वह उठ कर उनकी ओर जा रही थी कि वह खुद ही लान की ओर बढ़े और कामिनी के पास कुर्सी डाल कर बैठ गये। बताया कि तबीयत कुछ ढीली-सी थी और काम भी कुछ खास नहीं था, इसलिए जल्दी चला आये, कभी तो छुट्टी करनी ही चाहिए। कामिनी को यह स्पष्टीकरण कम और बहाना .ज्यादा मालूम हुआ। क्योंकि आज तक डॉक्टर राज के पास न कभी कम काम हुआ और न उन्होंने तबीयत ढीली-सी होने के कारण काम अधूरा छोड़ा।

असलियत यह थी कि आज डॉक्टर साहब ने बिटिया से बात करने के लिए छुट्टी मना ली थी। रात को थके-माँदे लौटते हैं तब बात नहीं हो पाती। यह जरूरी है कि बात जब भी हो, ढंग से हो, इतमीनान से हो—क्योंकि बात सन्धि की है। उस रोज स्विट्ज़रलैण्ड के उस निर्जन स्थल में बाप-बेटी में जो झगड़ा हुआ था वह रफा-दफा होना चाहिए। उस झगड़े की जड़ अब नहीं रही। लेकिन उसे पूरी तरह काटने के लिए अभी एक कुल्हाड़ी की चोट और देनी होगी।

"बिटिया रानी से हमें शिकायत है।"

"जी?"

"वह वादा किया था न कि शादी का फैसला पक्का हो जाए तो बता देना। ताकि मुझे मालूम हो कि बिटिया रानी घर छोड़ने वाली हैं।"

"मैं घर में तो बैठी हूँ पिताजी?"

"लेकिन तुम्हारे ख़याल कहीं और गये हुए हैं।" डॉक्टर साहब ने हँस कर कहा, "हम तो जैसे बिटिया रानी को अब नजर में होते हुए भी नजर नहीं आते हैं। देखो न तुम्हारे यहाँ से भाग जाने के इरादे की बात भी हमें मनमथ बाबू से सुनने को मिली।"

कामिनी को अपना दम घुटता-सा मालूम हुआ। उसको कुछ और भी तड़पाते हुए डॉक्टर राज ने पूछा, "तो बिटिया रानी कब तशरीफ ले जा रही हैं?"

कामिनी कुछ नहीं बोली।

"कल? परसों? अगले हफ्ते? अगले महीने?" डॉक्टर साहब ने मुस्कराते हुए पूछा।

"कभी भी।" कामिनी ने किसी तरह अपमान के कड़वे घूँट को निगल कर कहा, "और शायद कभी नहीं।"

"क्यों? क्या वह आपके और शन्नो के फिल्मी हीरो मुकर गये?"

"नहीं! मैंने ही उनसे फिलहाल कहीं दूर चले जाने को कहा है।"

"और शायद यह भी बिटिया रानी ने ही उनसे कहा होगा कि आते-जाते सफर खर्च और बिजनेस की देनदारी के नाम पर बीस हजार रुपये पिताजी से माँग लो। मेहनत की कमाई है, आप लोगों का साल भर से मनोरंजन जो करते रहे बेचारे।"

कामिनी चुप रही।

डॉक्टर साहब ने फिर छेड़ा—"बिटिया रानी कुछ कह नहीं रही है।"

"मुझे इस बारे में कुछ भी पता नहीं है।"

"जी हाँ और इस बारे में भी नहीं कि मनमथ बाबू इन दिनों जिस बिजनेस में हैं उसका चरस की तस्करी से सम्बन्ध है। इस बारे में भी नहीं कि वह डॉक्टर राज से सौदा करके गये हैं कि आप कुछ रुपया सीधे ही दे दें तो मैं आपकी बेटी को भगाने और फिर मुकदमेबाजी करने की जहमत से बचाऊँगा। आपकी बेटी को बदनामी से और आपको थाने-कचहरी दौड़ाने वाली जलालत से सौदा औने-पौने में इसलिए हो गया कि मैं उनके बिजनेस का पुलिस से पर्दाफाश करा देने के मूड में था।"

"आप इस तरह की बातें पहले भी कह चुके हैं।"

"मगर आज इस उम्मीद से कह रहा हूँ कि बिटिया रानी इस सारे काण्ड के बाद कुछ तो सयानी हो चली होंगी?"

"मैं जैसी थी, वैसी ही हूँ पिताजी।"

"यह तो बहुत अच्छा है बिटिया। कौन चाहता है कि मेरी भोली-भाली घरेलू लड़की कुछ और बन जाए। हम तो सिर्फ यह कह रहे हैं कि इस सब के बाद मनमथ तुम्हारी निगाहों में वैसा नहीं होना चाहिए जैसा कि था।"

"मेरे लिए कुछ भी नहीं बदला है।"

"वह तुम्हें सिर्फ बीस हजार रुपये के खातिर ठुकरा कर चला गया है। और तुम अब भी असलियत को समझने में इंकार करती हो।"

"किसी ने मुझे नहीं ठुकराया। मैंने ही उन्हें दूर भेज दिया है।"

"चलो यही सही।"

"इसीलिए मैं कहती हूँ कि कुछ भी नहीं बदला है।"

डॉक्टर राज का माथा ठनका। कहीं मनमथ और कामिनी ने मिल कर उन्हें बेवकूफ तो नहीं बनाया है? सिगार को एश-ट्रे पर रख कर उन्होंने कामिनी के हाथ से क्रोशिया छीन लिया और सख्त आवाज में कहा, "अच्छा तो यह नक्शा है कि बिटिया रानी ने उन्हें भेज दिया है और वक्त आने पर उन्हें बुला लेगी।"

"आप चाहे जो सोच लीजिए।" कामिनी ने डॉक्टर साहब की तेजाब-निगाहों से बिदकते हुए कहा और यह मुद्रा डॉक्टर साहब को अपना सन्देह पुष्ट करती हुई मालूम हुई।

"वक्त आने पर उन्हें बुला लिया जाएगा।" डॉक्टर साहब मानो यह बात अपने से ही कह रहे थे, "और वक्त तब आएगा जब डॉक्टर राज का वक्त आ गया होगा। मेरी बेटी मेरे मरने का इन्तजार कर रही है।"

"आप मुझे गलत समझ रहे हैं पिताजी। आपकी घृणा सीमाओं को लाँघ रही है।"

"तो बिटिया रानी ही समझा दें कि सही बात क्या है?"

"यही कि कुछ भी नहीं बदला है। आप अपनी जगह कायम हैं और मैं अपनी।" सिर फोड़ने से कोई फायदा नहीं। आप मेरी शादी कराने की कोशिश छोड़ दीजिए। अगर बात पक्की की गयी तो मैं खुद पत्र डाल कर लड़के को सब कुछ बता दूँगी और मना कर दूँगी।"

"तुम जिद्दी हो।"

"मैं आपकी बेटी हूँ और मैंने हार मानना नहीं सीखा है। उत्तराधिकार से मिला यह स्वभाव तो वसीयत बदल कर छीना नहीं जा सकता।"

डॉक्टर राज हतप्रभ रह गये। कभी उन्हें लगता कि लड़की यह सब मूर्खतावश कह रही है और कभी यह कि इसके पीछे मनमथ और कामिनी की कोई गहरी साजिश है।

डॉक्टर राज ने फौरन शोफर को बुलवाया और बहन गुणवन्ती से मिलने गये। थोड़ी मन्त्रणा के बाद शन्नो को भी बुला भेजा गया और गुणवन्ती बुआ ने डाँट-फटकार कर सब कुछ उससे उगलवा लिया। लेकिन इसमें कहीं भी किसी षड्यन्त्र के सूत्र हाथ नहीं लगे। गुणवन्ती का आग्रह था कि कामिनी षड्यन्त्र कर ही नहीं सकती। ऐसा करना उसके स्वभाव के सर्वथा विपरीत है। डॉक्टर साहब का कहना था कि भागने का षड्यन्त्र तो उसने रचा ही था फिर उसे कैसे नादान कहा

जा सकता है। गुणवन्ती और शन्नो दोनों ने उन्हें समझाया-बुझाया और कामिनी को राह पर लाने का वचन दिया। लेकिन डॉक्टर राज के मन में सन्देह का कीड़ा घुस चुका था और हटने का नाम नहीं ले रहा था। तो भी वह गुणपन्ती की सलाह पर चुपचाप कामिनी की शादी की तैयारी में जुट गये।

कामिनी ने जब इन तैयारियों का कोई विरोध नहीं किया और सारी जासूसी के बाद भी कामिनी और मनमथ में पत्र-व्यवहार या सम्पर्क का कोई प्रमाण नहीं मिला तब डॉक्टर राज खासे आश्वस्त हुए।

यही वजह थी कि जब लड़के के बाप ने इस आशय का पत्र भेजा कि आपकी बेटी के अनुरोध पर हम यह रिश्ता जोड़ने से पीछे हट रहे हैं तो वह सकते में आ गये।

●●

कामिनी ने गुणवन्ती बुआ का तय किया हुआ रिश्ता क्या तोड़ा डॉक्टर राज का दिल तोड़ दिया। कामिनी का प्रेम-प्रकरण शुरू में उन्हें एक अच्छा-खासा मजाक मालूम हुआ था, और ईश्वर झूठ न बुलवाए, वह एकान्त में अक्सर सोच-सोच कर खूब हँसे भी थे कि उनकी बोदी बिटिया इश्क फरमा रही है और सो भी एक चालाक शोहदे से। यह माना कि शोहदा सूरत-शक्ल और चाल-ढाल से शरीफजादा बल्कि शहजादा मालूम होता था मगर उसकी असलियत किसी कूड़मगज से भी ज्यादा दिन छिपी नहीं रह सकती थी। और खास कर तब जब कि उसका पर्दाफाश करने के लिए डॉक्टर राज कमर कसे बैठे थे। लेकिन इस सबके बाद और बावजूद कामिनी उसी शोहदे के ख़यालों में खोई रही। और इस हद तक कि रिश्ता तोड़ कर समाज में अपने को और अपने परिवार को बेइज्जत कराने से नहीं हिचकी! तो जो मजाक शुरू में हल्का-फुल्का मालूम हो रहा था वही अब एक निहायत ही भद्दा मजाक प्रतीत होने लगा है। इस मजाक के साझीदार मनमथ और कामिनी डॉक्टर बी.डी. राज की मौत का बेकरारी से इन्तजार करते हुए दिखने लगे हैं—कब बाप मरे और कब इनकी दौलत से हमारा घर भरे!

क्या बिटिया बोदी ही नहीं, बदचलन भी है? इस हद तक कि पिता के विरुद्ध षड्यन्त्र करने से न चूके? डॉक्टर साहब को यह सवाल

बार-बार परेशान करने लगा। गुणवन्ती से उन्होंने अपनी इस शंका की चर्चा भी की और गुणवन्ती ने इसे बेबुनियादी ही नहीं, बेहूदा भी ठहराया। डॉक्टर साहब को इस मामले में बहन से असहमत होने की कोई तर्कसंगत गुंजाइश नजर नहीं आयी। कामिनी का मनमथ बाबू से कोई सम्पर्क-सूत्र बने होने का सबूत उन्हें पूरी जासूसी के बावजूद मिला नहीं था। बिटिया में वह सतर्कता या अपराध-भावना भी नहीं दिखाई दी जो साजिश करने वालों में आम तौर से पाई जाती है। वह पूरी तरह स्वस्थ और संयत थी। उसने न रिश्ता तोड़ते समय कोई चरित्तर दिखाए न बाद में। मनमथ बाबू का कभी कोई जिक्र उसने नहीं किया और ऐसे लोगों से मेल-जोल लगभग समाप्त ही कर दिया जिनसे मनमथ बाबू की कुछ खोज-खबर मिल सकती। शन्नो से भी इसकी बस हाँ-हूँ-ना-नू वाली ही बातचीत होती। फिर डॉक्टर साहब किस बुनियाद पर शंका कर रहे हैं? और यह मानना कि इतनी सीधी, शरीफ लड़की अपने बाप की मौत की घड़ी के इन्तजार में बैठी है, बेहूदगी का नमूना नहीं है तो क्या है?

"नहीं, कामिनी ऐसा कर ही नहीं सकती," डॉक्टर साहब अपने को समझाते मगर दूसरे ही क्षण प्रतिवाद करते हुए कह उठते, "असम्भव कुछ भी नहीं होता। शायद कहीं कभी कामिनी का प्रेमजाल में फँसना तुमने असम्भव माना था। डॉक्टर साहब आशंका के इस दुराग्रह से और अपने मन की उथल-पुथल से परेशान थे और यह देख कर अचरज में पड़े जा रहे थे कि जिस बेटी के व्यवहार से वह इतने उद्विग्न हुए हैं वह स्वयं शान्त और धीर गम्भीर है। कोई विश्वास ही नहीं कर सकता कि इधर इसके जीवन में कुछ नाटकीय घटनाएँ घटी हैं। डॉक्टर साहब यह मानने को बाध्य थे कि अगर बिटिया सचमुच बाप की मौत का इन्तजार कर रही है तो यही कहना होगा कि बहुत ही धैर्य से, बड़ी कुशलता से कर रही है। हमेशा किसी काम में लगी रहती है। सिलाई-बुनाई का भूत फिर से सिर पर सवार हो चला है। उसके अलावा बागवानी, घर की सफाई और सजावट और पास-पड़ोस के बच्चों की पढ़ाई-लिखाई का जिम्मा भी ले लिया है। बच्चों की चहेती दीदी की भूमिका में मस्त है। खाना भी रोज अपनी देख-रेख में बनवाने लगी है। घर का सामान खरीदने भी खुद ही जाना शुरू कर दिया है। एक दर्जन नौकरों के होते दिन भर घर के काम-काज में व्यस्त रहती है। धरम-करम और

समाजसेवा का सिलसिला भी जोरों से चल निकला है। कुल मिला कर यह कि कल तक की बच्ची ने आज पूरा बुजुर्गाना बाना पहन लिया है। कल तक यह कहा जा सकता था कि घर की लाड़ली बिटिया है जो देर-सबेर बड़ी धूम-धाम से किसी और का घर बसाने जाएगी मगर आज यह लगता है कि यह मालकिन बिटिया है। कोई अधेड़ अविवाहित या विधवा जो मुस्तैदी में अपने विधुर पिता का घर चला रही है।

'क्या बिटिया बोदी और बदचलन ही नहीं घुन्नी और धूर्त भी है? क्या घरेलू व्यस्तताओं और सामाजिक सेवाओं का यह नाटक बाप की आँखों में धूल झोंकने के लिए रचा गया है? भीतर ही भीतर कोई घिनौनी योजना पकाई जा रही है?' डॉक्टर साहब अपने से पूछते और वह स्वीकार करने को बाध्य होते कि ऐसे सवालों का उठना यही दर्शाता कि उनके मन में मैल जम गया है। पैने दिमाग, न सावन-सूखे न भादों हरे दिल और साफ-सुथरी जिन्दगी के कायल डॉक्टर राज को अपनी वह परिणति अपनी शान के खिलाफ मालूम हुई। इस मारे उन्हें कामिनी से और भी ज्यादा चिढ़ होने लगी। अक्सर वह ऐसे ताने कस देते जिन्हें सुरुचिपूर्ण ठहराना उनके लिए भी असम्भव होता। कामिनी को ही नहीं, दूसरे लोगों को भी वह अब छोटी-मोटी बातों पर बड़ी-बड़ी फटकार सुनाने लगे थे। गुणवन्ती ने इस सम्बन्ध में उन्हें टोका और कहा कि इस बदमिजाजी से हालत सुधरने की जगह ज्यादा बिगड़ जाएगी, लड़की से हमदर्दी से पेश आओ तो वह देर-सबेर राह पर आ ही जाएगी, गलत आदमी से नेह लगा लिया और सही आदमी से तय हुआ रिश्ता तोड़ दिया तो कौन कहर बरपा हो गया, भगवान की दया से आप जैसे आदमी की बेटी के लिए वरों का कोई तोड़ा नहीं है, जरा प्यार-पुचकार से काम लीजिए, सब ठीक हो जाएगा।

डॉक्टर साहब के लिए यह सलाह भी खीझ पैदा करने वाली साबित हुई। आखिर उन्होंने बिटिया को ऐसा क्या दर्द दिया है कि अब हमदर्दी की खुराक लेकर दौड़ें? वह एक शोहदे के चक्कर में पड़ गयी थी और कुछ डॉक्टर साहब की कोशिशों और कुछ खुद शोहदे की बुनियादी बदनीयती के कारण उसे इस भयानक भ्रमजाल से मुक्ति मिल गयी। इसमें "हाय-हाय" करने की क्या बात है? एक जानलेवा किस्म का फोड़ा था, नश्तर लगा दिया, रोगी फिर भला चंगा हो गया तो क्या अब डॉक्टर सियापा करे कि हाय मेरे नश्तर ने तुझे दर्द दिया।

डॉक्टर साहब अव्वल तो यह मानने को ही तैयार नहीं थे कि उनकी बिटिया को कोई तकलीफ पहुँची। पहुँची होती तो उसका मिजाज इतना खुश और ठण्डा नहीं रहा होता—और अगर पहुँची भी तो उसकी याद को ही दोहराते जाने का भला क्या मतलब है? कोई भी रोगी नश्तर को ही याद नहीं किए जाता। अगर बिटिया सचमुच स्वस्थ हो गयी है तो उसे पिता का आभारी होना चाहिए और किसी भी स्वस्थ युवती की तरह विवाह प्रस्ताव के प्रति उत्साही होना चाहिए। लेकिन यह लड़की एक ओर स्वस्थ होने का नाटक रच रही है तो दूसरी ओर एक अच्छा रिश्ता ठुकरा चुकी है और ऐसी बनी हुई है जैसे इसके विवाह का अब कोई प्रश्न ही नहीं उठता हो। इसका मतलब यही है कि रोग दूर नहीं हुआ है। कामिनी को मनमथ का इन्तजार है और मनमथ को इस बात का कि डॉक्टर साहब बिटिया के नाटक से प्रभावित होकर वसीयतनामा फिर बदल दें और चल बसें।

इस उलझन और उधेड़बुन में डॉक्टर राज की सेहत गिरने लगी। न पहले-सी मेहनत हो पाती और न एकाग्र होकर कोई निदान कर पाते। एक प्रतिभाशाली युवा डॉक्टर को प्रैक्टिस में साथ ले लिया। मन में यह सपना सँजोया कि शायद बिटिया इसे पसन्द कर ले और "अन्त भला सो सब भला" वाला मामला हो। डॉक्टर का जँवाई डॉक्टर! बेटी, प्रैक्टिस, दौलत सब कुछ उसे सौंप कर छुट्टी करें। युवा डॉक्टर तक प्रस्ताव घुमा-फिरा कर पहुँचाया गया और उसने काफी उत्साह भी प्रदर्शित किया। कामिनी को भी उससे मिलने पर या उससे आग्रह पर साथ सैर या सिनेमा के लिए जाने पर कभी एतराज नहीं हुआ। गुणवन्ती डॉक्टर साहब से कहने लगी कि देखा मैंने क्या कहा था, आ रही है न राह पर। अब कोई दखलन्दाजी मत करो, मुझ पर छोड़ दो, सब ठीक हो जाएगा लेकिन अन्ततः जब यह प्रस्ताव उन्होंने कामिनी के सामने रखा और उसे सारी ऊँच-नीच समझाई तब निराशा ही हाथ लगी। कामिनी ने स्वीकार किया कि बुआजी जो कह रही हैं, सो ठीक कह रही हैं, उसके ही भले के लिए कह रही हैं मगर शादी कर सकना उसने अपने लिए असम्भव ठहराया। बुआ ने समझाने की और कोशिश की तो कामिनी बोली, "आप लोग यही मान लीजिए कि कामिनी बूद्धू ही नहीं जिद्दी भी है। जब मुझे शादी न होने से कोई परेशानी नहीं तब आप सब को क्यों हो?"

गुणवन्ती ने यह निराशाप्रद समाचार डॉक्टर साहब को दिया और डॉक्टर ने बेटी से खुद ही बात करने का फैसला कर डाला। रात को खाने की मेज से उठने पर उन्होंने कामिनी को बाहर लॉन में साथ टहलने को बुलाया। कुछ इधर-उधर की बातचीत हुई और फिर डॉक्टर साहब असली नुकते पर आये, "डॉक्टर बालस्वरूप से रिश्ता जोड़ना बिटिया रानी को मंजूर नहीं हुआ? क्या वह बुरा आदमी है?"

"जी नहीं।"

"तो?"

"कुछ नहीं।"

"कोई वजह तो होगी?"

"कुछ नहीं।"

"बिला वजह! यह कौन अकलमन्दी की बात हुई? या हुई?"

"जी नहीं।"

"तो?"

"मान लीजिए कि मैं बेवकूफ हूँ।"

उत्तर सुनकर डॉक्टर साहब का पारा चढ़ने लगा लेकिन गुणवन्ती की हिदायतें याद करते हुए उन्होंने किसी तरह अपने पर काबू पाया और कहा, "कैसे मान लूँ? भगवान ने तुम्हें भी बुद्धि दी है।"

"कुछ बातें ऐसी भी होती हैं जिन पर बुद्धि का बस नहीं चलता। अगर यह प्रसंग यहीं छोड़ दें तो मैं और आप दोनों व्यर्थ के दुःख से बच जाएँगे।"

डॉक्टर साहब चुप हो गये। फिर कुछ सोचकर उन्होंने कहा, "एक डॉक्टर की हैसियत से यह बता देना मेरा फर्ज है कि तुम्हारा बूढ़ा बाप अब ज्यादा दिन बचने वाला नहीं है। अगर तुम एक वचन दे सको तो वह शान्ति से मर सकेगा।"

"डॉक्टर बालस्वरूप तो बता रहे थे कि इधर आपकी हालत में सुधार हुआ है। आप बेकार मेरी खातिर अपने को दुःखी करके अपने को बूढ़ा और बीमार बना रहे हैं।"

"डॉक्टर बालस्वरूप ने तुमसे जो कुछ कहा उसका सम्बन्ध चिकित्सा से उतना नहीं था, जितना मनोविज्ञान से। मैं अच्छी तरह जानता हूँ कि किसी दिन मैं काम से थका-माँदा लौटूँगा और मेरे दिल की बूढ़ी धमनियाँ जवाब दे जाएँगी। मैं यह चाहता हूँ कि तुम वचन दो, इन

धमनियों के जवाब दे जाने के बाद तुम मनमथ बाबू से विवाह नहीं करोगी।"

इतने दिनों बाद पिता और पुत्री के बीच मनमथ बाबू के फिर चर्चा के विषय बनने पर कामिनी चौंकी। फिर उसने कहा, "आप उनकी बात क्यों कर रहे हैं?"

"कोई पाबन्दी है क्या?" डॉक्टर साहब भड़क उठे, "जब बिटिया रानी उस मक्कार को नहीं भूली है तब हम कैसे भुला सकते हैं? हमें इस बात का आभास है कि वह बिटिया रानी के मन और जीवन से अभी हटा नहीं है। हम यह भी जानते हैं कि वह इधर एक विधवा जागीरदारनी और एक अधेड़ अभिनेत्री के खर्च खाते में गुलछर्रे उड़ाता रहा है। हमें इस बात की भी खबर है कि पुलिस तस्करी के सिलसिले में उस पर निगाह रखे हुए है। लेकिन यह सब बताने से कोई फायदा नहीं होगा, क्योंकि बिटिया रानी की निगाहों में मनमथ बाबू के सौ खून माफ हैं। वह तो बस अपने पिता का यह कसूर माफ नहीं कर सकती कि उसने उन्हें एक शोहदे के प्रेम-पाखण्ड से सावधान किया।"

कामिनी चुप रही। डॉक्टर साहब यह समझ बैठे कि वह उनके प्रवचन से प्रभावित हुई है। लिहाजा स्वर में प्यार घोल कर उन्होंने कहा, "बिटिया रानी जिद न करें; अपने बूढ़े बाप की इतनी-सी बात रख लें।"

कामिनी फिर भी कुछ नहीं बोली। डॉक्टर साहब कुछ और उत्साहित हुए, बोले, "इस खामोशी को आधी रजामन्दी माना जाए?"

"किस बात की रजामन्दी?"

"हमारे इस दुनिया से उठ जाने के बाद उस मक्कार मनमथ के चंगुल में न फँसने की।"

"मैं इस बारे में कुछ नहीं कह सकती क्योंकि मनमथ बाबू का कोई ख़याल मेरे दिमाग में नहीं है। वचन देने या लेने की कोई जरूरत नहीं है।"

"जरूरत है! हम ऐसी वसीयत छोड़कर नहीं जाना चाहते कि दुनिया कहे कि बाप अपनी इकलौती औलाद पर जाते-जाते भी चोट कर गया।"

"मुझे वसीयत और दौलत से कोई दिलचस्पी नहीं है।"

"मगर मुझे तो है।" डॉक्टर साहब झुंझला उठे, "आखिर उस

मक्कार से विवाह न करने का वचन देने में तुम्हें क्या हिचक होती है, जिसे कुछ हजार रुपयों की खातिर तुम्हारा प्यार ठुकराने में कोई हिचक नहीं हुई? बिटिया रानी को हमने बताया था न कि कितने रुपये उनके परम पूज्य पिताजी को उनके परम प्रिय मनमथ बाबू की भेंट चढ़ाने पड़े? सौदा कैसे और कितने में पटा?"

"मुझे इससे कोई दिलचस्पी नहीं है, आपको हो सकती है क्योंकि आपके लिए शुरू से ही यह रुपये-पैसे का मामला रहा है।"

डॉक्टर साहब को पहली बार इस बात का आभास हुआ कि फोड़ा ठीक करने के लिए नश्तर लगाना उनकी बेटी की निगाहों में गुनाह ठहरा है, क्योंकि बेटी यही मानने से इनकार करती है कि कहीं कोई फोड़ा था। पहली बार एक अधूरी-सी अपराध-भावना उनके मन में जागी। शायद उनके दिमाग की दखलन्दाजी ने ही बेटी के दिल के उस मामले को जरूरत से ज्यादा नाटकीय और पीड़ाप्रद बनाया हो। अगर इसकी माँ जिन्दा होती तो शायद इसकी बात को ज्यादा अच्छी तरह समझ सकती और इसे अपनी बात समझा पाती। शायद बाप के जिद पकड़ लेने के कारण ही बेटी जिद पकड़ बैठी हो। अगर पहले दिन से ही मनमथ बाबू के खिलाफ बोलना और कामिनी के प्रति निवेदित उनके प्रेम को मखौल और सन्देह का विषय बनाना शुरू न कर दिया होता तो शायद आगे चलकर स्थिति सँभाली जा सकती। जीवन में पहली बार बेटी के प्रति कोई अनुरक्त हुआ था और बाप ने पहले ही दिन यह जता दिया कि बेटी के पास बाप की दौलत के सिवा ऐसा कुछ नहीं जो कोई उसके प्रति अनुरक्त हो। यह चुनौती ही शायद बेटी को खल गयी और वह बेवकूफी करती चली गयी। अगर शुरू में तंग न किया होता तो शायद वह कुछ दिन बाद खुद राह पर आ जाती। और न भी आती तो क्या था? बाप के जीते जी कोई भी दौलत को छू नहीं सकता था और आगे के लिए ऐसी व्यवस्था की जा सकती थी कि बेटी की स्थिति सुरक्षित रहे और कौन जाने कि वह मक्कार आगे चल कर कुछ कायदे का आदमी ही बन जाता? आखिर इतनी मक्कारी वह ऐशो-आराम की खातिर ही तो करता रहा है, कामिनी के पति के रूप में अपार सम्पदा हाथ लग जाने के बाद शायद वह फरेबी से मुँह मोड़ लेता।

"आपको कुछ और तो नहीं कहना है पिताजी?" कामिनी के

प्रश्न ने मौन चिन्तन के इस क्रम को तोड़ा तो डॉक्टर साहब ने बेटी से अपनी बातचीत का क्रम आगे बढ़ाने और पूरा करने की जरूरत महसूस की।

"हमने एक वचन माँगा था बिटिया रानी से।"

"आप समझ लीजिए कि वचन मैं दे नहीं सकती।"

"वजह समझाओ तभी समझेंगे न?"

"न वजह समझा सकती हूँ और न वचन दे सकती हूँ।"

"चित भी मेरी, पट भी मेरी और झगड़ा मेरे बाप का।" डॉक्टर साहब बिटिया की पीठ थपथपाते हुए हँसे। बुझा हुआ सिगार फिर सुलगाया और एक कश खींच कर बोले, "अगर हम बिटिया रानी से कोई दूसरा वचन माँगें तो कैसा? मसलन यह कि हमारे मर जाने के बाद अपनी और इस घर की देखभाल की खातिर शादी जरूर कर लें— चाहे मनमथ बाबू से ही।"

कामिनी ने सुना और पिता की ओर देखा। उनकी आँखों में थोड़ा-सा व्यंग्य या विद्रूप था तो ढेर-सी याचना भी थी। मगर वह विचलित नहीं हुई। उसने मात्र इतना कहा, "आप अपने स्वास्थ्य के बारे में इतने लापरवाह न रहें, आपकी मुझे, इस घर को और न जाने कितने मरीजों को आवश्यकता है। आप इस तरह सबको छोड़ कर चले जाने की बात नहीं कर सकते। मैं कल ही डॉक्टर बालस्वरूप से कहूँगी कि आपका पूरा चेक-अप करवाएँ।"

डॉक्टर साहब मुस्कराये, "मैं अपना चेक-अप कर चुका हूँ, करा चुका हूँ। मुझे पता है मेरा टिकट अब कटने ही वाला है। बढ़िया से बढ़िया जो इलाज हो सकता है सो मैं कर रहा हूँ लेकिन उससे स्थिति में कोई खास अन्तर पड़ने वाला नहीं है। यह सब जानते-समझते हुए मैं तुमसे अनुरोध कर रहा हूँ कि वचन दो कि विवाह जरूर कर लोगी अगर हो सके तो मनमथ बाबू से नहीं, और अगर उन्हें छोड़ और कोई इस संसार में सुयोग्य नजर नहीं आता हो तो उनसे ही। इतना-सा वचन देना तुम्हें क्यों मुश्किल मालूम हो रहा है?"

कामिनी सहसा बिलख उठी, "आप मुझे हराना चाहते हैं, छकाना चाहते हैं, सब तरह से घेरना चाहते हैं। मैं कोई वचन नहीं दे सकती। न यह, न वह। कोई भी। मैं मनमथ बाबू के प्रसंग में किसी से भी कोई बात सुनना-कहना नहीं चाहती। मैंने आपसे बार-बार कहा है कि यह

बेकार की बहस है। आप मानते हैं कि आपकी बेटी बेवकूफ है, फिर उसकी बेवकूफी के नित नये सबूत जुटा कर आपको क्या लुत्फ मिल रहा है? आप क्यों इस चिन्ता में घुल रहे हैं कि आपके बाद कामिनी का क्या होगा? कामिनी अब रही कहाँ? बुद्धू कामिनी को बुद्धिमानों ने मार डाला इसकी आपको खबर तक नहीं हुई?"

डॉक्टर साहब की आँखें डबडबाने को हो आयीं अपने को संयत करके बोले, "दूसरे बुद्धिमानों की बात नहीं जानता, मगर मेरी बुद्धि प्रायश्चित्त करना चाहती है। शायद मैंने उस नाजुक मौके पर मनमथ बाबू को प्रलोभन देकर एक गुनाह किया। अगर तुम मुझे माफ कर सकती हो, तो वचन दो कि विवाह कर लोगी चाहे उसी मनमथ से जिसकी बदकारी से तुम्हें बचाने की मैंने हरचन्द कोशिश की।"

कामिनी लगभग चीख उठी, "पिताजी आप मुझे अपनी ताकत से कुचलते आये हैं। अब अपनी कमजोरी से और कुचल देने की कोशिश मत कीजिए।" और फिर वह पागलों की तरह रोने लगी।

डॉक्टर राज ने पिता का स्वरूप छोड़ कर चिकित्सक की मुद्रा धारण की। कामिनी को सहारा देकर अन्दर लिवा ले गये। उसे बिस्तर पर लिटवा दिया और मन को शान्त करने वाली एक गोली दी। तब तक उसका सिर दबाते जब तक गोली के प्रभाव से भारी उसकी पलकें बन्द नहीं हो गयीं। उस रात डॉक्टर राज ने खुद भी नींद की गोली लेने की जरूरत महसूस की। गोली लेने के बावजूद उन्हें उखड़ी-उखड़ी-सी नींद आयी। सवेरे समय से उठ नहीं पाये। जब उठे तब तबीयत काफी नासाज पायी। मगर उसकी चिन्ता न करके उन्होंने दवाखाने जाने की तैयारी कर डाली। डॉक्टर बालस्वरूप को कामिनी की जाँच के लिए बुला भेजा। दोनों ने मिलकर जाँच की। कामिनी कह रही थी कि मुझे कुछ नहीं हुआ है और डॉक्टर साहब भी जानते थे कि असलियत यही है। तो भी उन्होंने डॉक्टर बालस्वरूप से मशविरा किया और कामिनी को आराम करने की सलाह दी। डॉक्टर बालस्वरूप को वहीं कामिनी के पास छोड़ कर वह खुद दवाखाने चले गये। वहाँ सहसा उन्होंने वह खास दर्द महसूस किया जो किसी आगामी खतरे का सूचक भी हो सकता था। उन्होंने फौरन अपने वकील को बुलाया और नयी वसीयत लिखवाई जिसमें जायदाद का एक बहुत बड़ा हिस्सा बेटी के नाम रखा और बाकी रुपया अपने रिश्तेदारों, पुराने सहयोगियों, नौकरों और धर्मार्थ

अस्पतालों और अन्य संस्थाओं में बाँट देने का निर्देश किया। इसके बाद उन्होंने डॉक्टर बालस्वरूप को फोन से आदेश किया कि गुणवन्ती को लेकर अस्पताल में हार्ट स्पेशलिस्ट डॉक्टर सिंह के वार्ड में पहुँच जाएँ और कामिनी तथा शन्नो से भी वहाँ आने के लिए तैयार रहने को कहें। फिर उन्होंने एम्बुलेंस बुलवाई और दवाखाने के अपने सब सहयोगियों से विधिवत् विदा ली। एम्बुलेंस में सवार होते-होते दौरा पड़ गया।

कामिनी को पिता की मृत्यु से जबर्दस्त सदमा पहुँचा। कई दिन तक वह बिल्कुल गुमसुम ही रही। फिर उसने एक झटके से लाचारी के भाव को अपने दिल से दूर कर दिया। कुछ और बुजुर्ग, कुछ और शुष्क होकर उसने जायदाद की देखरेख का काम सँभाला और समाज-सेवा के विभिन्न आयोजनों में निष्ठापूर्वक जुट गयी। डॉक्टर साहब मरने से पहले गुणवन्ती से आग्रहपूर्वक कह गये थे कि कामिनी की शादी जरूर करा देना, चाहे तो मनमथ से ही। बरसी होने का इन्तजार करने की भी कोई जरूरत नहीं समझना। गुणवन्ती बुआ ने कुछ महीने बीत जाने पर कामिनी से इस बारे में बात भी की लेकिन उसने कोई उत्साह नहीं दिखाया और वह चुप हो गयी। शन्नो जीजी ने अब यह तान पकड़ ली कि मामाजी की अन्तिम इच्छा यह थी कि कामिनी और मनमथ का विवाह हो जाए। इस इच्छा को पूरा करने में स्वजनों को पूरा उत्साह दिखाना चाहिए। जब गुणवन्ती इससे सहमत नहीं हुई तब शन्नो जीजी ने सारा मामला अपने हाथ में ले लिया। कामिनी उससे अब बहुत ही कम बोलती थी और जब बोलती भी थी तब यह जता देती थी कि शन्नो जीजी बहन कम, आश्रिता अधिक है। बहरहाल मौका मिलने पर शन्नो जीजी जब-तब पिता की अन्तिम इच्छा की याद दिलाने से नहीं चूकी। साथ ही मनमथ बाबू को भी यह लिखा कि यहाँ पधारकर सब को कष्टों से उबारें।

मनमथ बाबू पधारे। शन्नो जीजी से सारी स्थिति समझी। कामिनी के नाम शोक-संवेदना का पत्र भेजा। समाज सेवा कार्य में जुट लिए। यहाँ-वहाँ समाज सेवा संस्थानों में उससे टकराते रहे। प्रायश्चित्त करते हुए अपराधी की मुद्रा में बातचीत की। उन्हें यह देख कर खुशी हुई कि कामिनी उन्हें लताड़ने या झिटकने की कोई कोशिश नहीं कर रही है। आश्वस्त हुए। अगले कदम के रूप में घर आने की अनुमति माँगी। सहर्ष दी गयी। घर आने-जाने लगे। और तो और इस बार गुणवन्ती

बुआ भी उनके आचरण से प्रभावित हुई। एक-एक कदम करके मनमथ बाबू आगे बढ़े—पुरानी जानी-पहचानी मंजिलें तय करते हुए। इस बीच न जाने कितनी बार उन्होंने अपने आप को, अपनी कायरता को कामिनी की उपस्थिति में धिक्कारा और शन्नो जीजी ने उनकी गैरहाजिरी में कामिनी को क्षमा का फलसफा विस्तार से समझाया।

आखिर वह मंजिल भी आयी जिसमें मनमथ बाबू नये सिरे से कामिनी के प्रेमी के रूप में प्रतिष्ठित हो गये। उन्हें इस बात से आश्चर्य हो रहा था कि कामिनी ने इतनी आसानी से उन्हें क्षमा कर दिया है और वह भी सब कुछ जानते हुए। कामिनी यह जाहिर कर चुकी थी कि उसे मनमथ बाबू के उस रात न आने की असली वजह मालूम हो चुकी है। शिकवे-शिकायत के क्रम में वह यह भी बता चुकी थी कि मनमथ बाबू इस बीच क्या कुछ करते रहे हैं इसकी भी उसे खबर है। शिकायतें सुनकर मनमथ बाबू तो पसीना-पसीना हो गये थे। सफाई में उन्होंने जो दलीलें दी थीं, वे उन्हें खुद निहायत लचर मालूम हुई थीं, मगर कामिनी ने उन्हें स्वीकार कर लिया था। वह यह मान गयी थी कि डॉक्टर साहब ने बीस हजार का चेक यह कह कर दिया था कि पहले जम कर कोई कारोबार करो, कुछ बन कर यहाँ लौटो तब तुम्हारा विवाह करेंगे। जैसे ही यह पता चला कि वह शादी कहीं और तय कर रहे हैं मनमथ बाबू ने पैसे लौटा दिए थे। कामिनी को यह बात भी झूठी नहीं लगी कि मनमथ बाबू उस विधवा जागीरदारनी के यहाँ महज इसलिए गये थे कि बेचारी धन के लोभी नातेदारों से घिरी हुई थी और उसे मदद की जरूरत थी। कामिनी को यह भी सत्य जान पड़ा कि मनमथ बाबू अधेड़ अभिनेत्री के यहाँ सेक्रेटरी की हैसियत से मुलाजिम भर थे।

कामिनी के नादान मन पर मनमथ बाबू कुर्बान हुए तो हिम्मत करके उन्होंने एक दिन कामिनी की अँगुली पकड़ ली और अँगुली पकड़ने के बाद पहुँचा पकड़ते उन्हें खास देर नहीं लगी। पहले तो कामिनी ने कुछ प्रतिरोध किया लेकिन फिर मनमथ बाबू के अंक में कुछ इस तरह समा गयी मानो अब तक इस घड़ी के इन्तजार में तड़पती रही थी। मनमथ बाबू प्रेमियों के इस पुनर्मिलन पर फौरन बाकायदा मुहर लगा देने के लिए आतुर नजर आये मगर कामिनी ने कह दिया कि अभी नहीं, बरसी के बाद विधिवत् विवाह करके। मनमथ बाबू को इसका

कोई मलाल नहीं हुआ क्योंकि बाजी अपने हाथ में होने के बारे में अब वह पूरी तरह आश्वस्त थे।

वह बहुत उत्साह से कामिनी के समाज-सेवा कार्यों में हाथ बँटाते रहे और यह देखकर कुछ चक्कर में पड़े कि जो कामिनी अन्तरंग वार्ता में उन्हें नादान मालूम होती है वही सार्वजनिक क्षेत्र में अपनी उम्र से भी अधिक सयानी नजर आती है। यही नहीं वहाँ उसकी भंगिमा सर्वथा मालिक वाली रहती है और मनमथ बाबू को बिना कुछ अप्रिय कहे या किए हुए वह अपने से एक पायदान नीचे का दर्जा दे देती है। कभी-कभी ऐसा लगता है कि वह कामिनी से नहीं स्वर्गीय डॉक्टर राज से बात कर रहे हैं। बहरहाल उन्होंने शन्नो जीजी की मार्फत गुणवन्ती बुआ तक यह शुभ समाचार पहुँचा दिया कि कामिनी डॉक्टर साहब की बरसी के बाद शादी करने को तैयार जान पड़ती है। बहुत खफा हुई और उसने कहा कि शादी हम दोनों को करनी है, इसका दुनिया-जहान से क्या मतलब? मनमथ बाबू सकपका गये और आइन्दा कामिनी से या औरों से विवाह की कोई चर्चा नहीं चलाई। बरसी हुई और उसके बाद भी दिन बीतते गये। मनमथ बाबू प्रेमी के रूप में प्रतिष्ठित थे लेकिन पति के रूप में प्रतिष्ठित होने की मंजिल अब भी उतनी ही दूर नजर आ रही थी। कामिनी से दो एक बार कहा। वह यह कह कर टाल गयी कि मैंने जो साइत निकलवाई है उसी पर शादी होगी— तुम्हें किसी बात की कमी हो तो कहो। मगर मनमथ बाबू कमी होने की क्या शिकायत करते? कामिनी उन्हें अनुग्रह से दबाये जा रही थी। उससे अधिक धन की माँग करना अपने आदर्श स्वरूप को आँच पहुँचना होता। लिहाजा चुप लगा गये। कई महीने हो गये मगर वह शुभ मुहूर्त नहीं आया तो मनमथ बाबू कसमसाये। उन्होंने शन्नो जीजी पर कामिनी को कुरेदने का भार सौंपा।

शन्नो जीजी ने जब मनमथ बाबू की तड़प का वर्णन फिल्मी शायरी की भाषा में सुनाया तब कामिनी हँस पड़ी। शन्नो जीजी को एतराज हुआ, "भला इसमें हँसने की क्या बात हुई?"

कामिनी ने शोख अदा दिखाते हुए कहा, "तो क्या रोऊँ! मेरा प्रेमी मेरे लिए तड़प रहा है, अपने प्रेम का इतना प्रमाण दे रहा है? यह तो खुशी की बात है।"

"तो भी अलग-अलग किस्म की खुशी अलग-अलग तरह जाहिर की

जाती है। तू तो ऐसा जता रही है कि जैसे मैंने मनमथ बाबू की वेदना का हाल नहीं, कोई क्या नाम कहते हैं, चुटकुला सुनाया हो।"

"चुटकुले जैसी ही बात है जीजी।" कामिनी ने चंचल स्वर में कहा, "वह वहाँ बेचैन हैं और मैं यहाँ परसों शादी के लिए तैयार बैठी हूँ। इसी तिथि का मुझे इन्तजार था।"

"परसों!" शन्नो जीजी ने आश्चर्य से कहा, "अरी इतनी जल्दी सारी तैयारी कैसे होगी? क्या कोर्ट-वोर्ट में करोगे मैरिज। मगर उसके लिए तो बखत देना पड़ता है। तेरी तो माया ही निराली है। मैं अभी गुणवन्ती मौसी को बुलवाती हूँ।"

"तैयारी वैयारी कुछ नहीं जीजी।" कामिनी ने अँगड़ाई लेते हुए कहा, "बस एक सूटकेस पैक किया और टा-टा। परसों बारह दिसम्बर है। ठीक दो साल पहले इसी दिन मैं और मनमथ बाबू भागने वाले थे। मैं सूटकेस पैक किए तैयार बैठी थी। मगर...खैर बीती बातों को बिसरना अच्छा। दो साल बाद सही। देर से मगर दुरुस्त। और हाँ जीजी, यह बात मनमथ बाबू के अलावा किसी को बताने की कोई जरूरत नहीं है। लोग सुनेंगे तो हँसेंगे। प्रेम का पागलपन समझना उनके बूते की बात नहीं।"

शन्नो जीजी गद्गद हो गयीं। यह नाटकीय मोड़ उनके लिए अप्रत्याशित था, मगर उनके नाटककार मन को सर्वथा उपयुक्त मालूम हो रहा था। उन्होंने कहा, "ठीक है इस बात को अपने तीनों तक ही रखना है, दूसरे सचमुच समझ नहीं पाएँगे। मैं मौसी से कुछ नहीं कहूँगी।"

"मेरी प्यारी जीजी।" कामिनी ने गलबहियाँ डाल कर कहा, "हम यहाँ भाग कर बम्बई जाएँगे। वहाँ से लौट कर यहाँ विधिवत् विवाह करेंगे। तुम पहले ही लगन पर विवाह करने का पक्का प्रबन्ध कर रखना। समझीं? अब जाओ और मनमथ बाबू को सारी योजना बता आओ। परसों रात ठीक बारह बजे वह मुझे वहीं मिलें जहाँ दो साल पहले मिलने वाले थे। और हाँ ये रुपये रख लो—बम्बई तक का सफर खर्च। इस बीच मनमथ बाबू से न मिलो तो ज्यादा अच्छा। इस मकान में जहाँ उनके और मेरे प्यार का अपमान हुआ उनसे मिलने का अब जी नहीं करता। बम्बई से लौटने के बाद मैं इसे जरूर बेच दूँगी।"

शन्नो जीजी दौड़ी-दौड़ी मनमथ बाबू के पास पहुँची। प्रस्ताव सुन

कर वह विस्मित हुए। भावुक लड़की के खब्त की इस अदा को भी उन्होंने कन्धे उचका कर मंजूर कर लिया। शन्नो जीजी दूती बनी इसके पास से उसके पास दौड़ती रहीं सारी तैयारी में उन्होंने उत्साह से मदद की। दोनों के सूटकेस भी खुद ही पैक कराये।

ठीक बारह बजे रात पिछवाड़े की गली से हार्न सुनाई दिया। शन्नो जीजी ने सूटकेस उठा कर कामिनी को पकड़ाया। कामिनी ने सूटकेस उठा कर कार के ऊपर रख दिया और उस खिड़की के पास आकर खड़ी हो गयी जिससे पीछे का जीना साफ दिखाई देता था। मनमथ बाबू ने नीचे से उसे हाथ हिलाया मगर उसने कोई जवाब नहीं दिया।

घण्टा भर बीत गया।

शन्नो जीजी का धीरज समाप्त हो रहा था। वह सूटकेस लेकर खुद उतरने को तैयार होने लगी। कामिनी ने उन्हें डाँट दिया, कुछ इस तरह जैसे मालकिन नौकरानी को डाँटती है। मनमथ बाबू परेशान होकर सामने के दरवाजे पर पहुँचे और उसे भड़भड़ाने लगे।

शन्नो जीजी ने पूछा, "इसका मतलब?"

कामिनी हँसी, "यही तो वह चुटकुला है और इसका मतलब मनमथ बाबू बखूबी समझ जाएँगे। अकलमन्द हैं, उनके लिए इशारा काफी है।"

❐❐